W0285418

Hühnerhorst

Die Texte von **Andreas Mundt** laden zum Nachdenken und zum Schmunzeln ein. Und immer wieder lassen sie die Leser stutzen.
Merkwürdige Figuren tummeln sich in den seltsamen Geschichten, mal auf tragische, mal auf skurril-heitere Art. Andreas Mundt lebt mit seiner Frau und drei Goldfischen in Lilienthal bei Bremen. Wenn er mal nicht schreibt, arbeitet er als Heilerziehungspfleger und trifft dabei immer wieder auf inspirierende und interessante Menschen.

Besuchen Sie den Autor auf seiner Homepage:
https://andreas-mundt.jimdo.com/

Andreas Mundt

Hühnerhorst

Eine seltsame Reise ans Nordkap

Edition Falkenberg

Titelabbildungen: fotolia

1. Auflage 2018

Copyright © Edition Falkenberg, Bremen
ISBN 978-3-95494-146-9
www.edition-falkenberg.de

Alle Rechte vorbehalten. Kein Teil des Werkes darf in irgendeiner Form (durch Fotografie, Mikrofilm oder irgendein anderes Verfahren) ohne schriftliche Erlaubnis des Verlages reproduziert oder unter Verwendung elektronischer Systeme verarbeitet, vervielfältigt oder verbreitet werden.

Horst

Ein Geschoss durchschlug den Schädelknochen Hitlers und zermatschte sein Gehirn. Ungefähr 300 Kilometer weiter westlich gelang es Ursula im selben Augenblick, einem Bauern ein paar alte Kartoffeln abzuschwatzen. Normalerweise gönnte der Alte den Schnorrern und Dieben aus der Stadt kaum den Dreck unter den Fingernägeln, doch die junge Frau rührte ihn. Wie alle Städter war sie klapperdürr. Umso deutlicher zeichnete sich der kugelige Bauch ab. Sie war hochschwanger. Und mangelernährt. Der Bauer entdeckte für einen kurzen Moment sein Herz, während das des Führers aufhörte zu schlagen. Er schenkte ihr die schrumpligen Kartoffeln. Damit rettete er sie und das ungeborene Kind vor dem Hungertod und es schien sich alles zum Guten zu wenden.

Das Deutsche Reich lag in Trümmern, zuckte nur noch im Staub. Und ein paar Tage, nachdem der böse Mann mit dem albernen Schnurrbart sich selbst eine Kugel durch den Kopf gejagt hatte, wurde die bedingungslose Kapitulation unterschrieben. Es war der 8. Mai 1945. Das ›Tausendjährige Reich‹ wurde nach zwölf langen Jahren endlich zu Grabe getragen und Ursula Schneider gelang es, einen mickrigen, aber erstaunlich gesunden Knaben herauszupressen.

Horst kam, als der Krieg ging.

Die Welt, in der er aufwuchs, war eine Welt fast ohne Männer. Es gab bloß ein paar blasse, kranke Kinder, Kriegskrüppel und altersschwache Greise. Und Frauen. Einmal ermahnte seine Mutter ihn: »Sei schön artig, damit du eines Tages auch so ein stolzer, aufrechter Mann wirst wie dein Vater.« Horst kannte diesen Vater jedoch nur von dem Foto auf dem Nachttisch im Schlafzimmer der Eltern. Mädchen wurden zu Frauen, das war ihm klar, doch er fragte sich, was wohl aus den Jungen werden würde. In den Krieg ziehen wie Papa konnten sie nicht mehr. Der war vorbei. Je gründlicher er darüber nachdachte, desto größer wurde die Befürchtung, dass sie einfach verschwanden. »Ich möchte lieber ein Kind bleiben,

Mama, dein kleiner Liebling.« Eine Träne lief Horst die Wange hinunter. »Für immer und immer.« Warum sie nun lachte und ihm über den Kopf strich, verstand er nicht.

Am gleichen Tag brauste ein mächtiger Sturm über die Ostsee, fegte weiter durch Südschweden, hob das Plumpsklo von Familie Bengtsson in die Luft, wirbelte es ein paarmal herum und stellte es am anderen Ende des Hofes ordentlich, beinahe sanft, wieder ab. Daraufhin öffnete sich die Klotür und der kleine Emil trat heraus. »Ich glaub, mir wird übel«, stöhnte er und übergab sich. Seitdem stand das Toilettenhäuschen direkt neben dem Hoftor. Frau Bengtsson war damit gar nicht einverstanden. »Das Scheißhaus an der Einfahrt. Wie sieht das denn aus? Unsere Gäste werden von Gestank und Schmeißfliegen begrüßt! Was sollen die Leute von uns denken?« Doch ihr Mann war felsenfest davon überzeugt, dass Gott persönlich den neuen Standort für das Klohäuschen ausgewählt hatte. In dem Punkt ließ er sich nicht erweichen. Auf Gottes Gebot müsse man hören, fand er, auch wenn das den Gästen nicht gefalle.

Horst verschwendete keinen Gedanken an religiöse Probleme dieser Art. Er dachte weiter darüber nach, was mit kleinen Jungen geschehen würde, wenn sie erwachsen wurden, denn so richtig konnte er der These, dass sie einfach verschwanden, nicht glauben. Vielleicht verwandelten sie sich plötzlich in Krüppel oder in Greise. Er grübelte so lange über diese Frage, bis er sie schließlich vergaß.

Andere Dinge erforderten seine Aufmerksamkeit. Mutter hatte Hühner besorgt und hinter dem Haus ein paar Quadratmeter eingezäunt. Dort durften sie im Dreck scharren und herumlaufen. Die braunen Hennen fraßen Küchenabfälle und das Grünzeug, das Horst am Bahndamm sammelte. Die Eier bereicherten den Speiseplan oder wurden gegen irgendetwas eingetauscht. Hühnern, die keine Eier legten, schlug der hinkende Nowak, den die Mutter immer, wenn er es nicht hörte, den alten Sozi nannte, den Kopf ab. Dann gab es Hühnersuppe.

Allmählich sickerte zu Horst und seiner Mutter das durch, was später ›Wirtschaftswunder‹ genannt werden sollte. Ursula Schneider fand Arbeit im Bekleidungsgeschäft von Herrn Bracke. Dort gab es inzwischen keine HJ-Uniformen und Hakenkreuzfähnchen mehr im Angebot, sondern nur noch Kittelschürzen, Hosen und Hemden. Sie konnten sich eines Tages ein Radio leisten und schließlich ein Fernsehgerät. Eigene Hühner brauchten sie nicht mehr. Die Eier kamen aus dem Laden an der Ecke und die Hühnersuppe aus der Dose. Und zum 14. Geburtstag bekam Horst ein Fahrrad geschenkt.

Das war der Tag, an dem der kleine Lhakpa auf dem Himalaya sprach: »Manchmal geschehen Dinge auf der Welt, die auf dem ersten Blick nichts miteinander zu tun haben. Und trotzdem hängt alles mit allem zusammen.« Die Eltern des Jungen waren so entzückt von seiner Weisheit, dass sie ihn kurze Zeit später zu den Mönchen in die Lehre gaben.

Doch das hatte nichts mit der Welt von Horst zu tun. Die drehte sich nämlich ausschließlich um das neue Fahrrad. Es war ihm etwas zu groß und hatte ein paar Lackschäden, aber für den Jungen war es das tollste Rad auf der ganzen Welt. Ein schöneres, besseres konnte er sich nicht vorstellen. Er unternahm lange Touren über die umliegenden Dörfer, natürlich nur bei Sonnenschein. Sonst würde es nass und dreckig werden. Wenn er nicht herumfuhr, putzte und wienerte er das Rad mit zärtlicher Hingabe. Fast schien er ein erotisches Verhältnis zu dem Zweirad zu haben. (Wenn sowas Kurioses wie Erotik in seiner Kinderwelt denkbar gewesen wäre.) Bald wurde es sein sehnlichster Wunsch, in den Sommerferien eine längere Reise auf dem Rad zu unternehmen. Doch die Mutter mochte ihn nicht ziehen lassen, denn dann wäre sie wieder allein mit dem Mann, von dem nur noch das Foto auf dem Nachttisch existierte.

Bei gutem Wetter sauste Horst gerne den Weg in die Stadt hinunter. Am Fuß des Hanges kreuzte er die Bahngleise. Manchmal, wenn der Zug kam, fuhr er mit ihm um die Wette. Und einmal, es war unglaublich, war er tatsächlich schneller als die Dampflok. Er raste auf dem tollsten

Fahrrad der Welt die Steigung hinunter. Den hochroten Kopf hielt er dicht über den Lenker geduckt, aus dem Augenwinkel heraus schielte er immer wieder zu der Eisenbahn rüber, der Schweiß perlte von seiner Stirn, wurde vom Fahrtwind nach hinten geschleudert. Wenn er sich nicht so auf die rasante Fahrt konzentrieren müsste, würde er vor Glück jubeln, denn vielleicht konnte er das Rennen gewinnen. Doch kurz bevor der Weg die Gleise kreuzte, bremste Horst scharf, wirbelte Staub und kleine Steine auf, schlidderte noch ein Stückchen, geriet mit dem Vorderreifen in ein Schlagloch, stürzte und überschlug sich. Sein Gesicht und die Ellenbogen schrammten durch den Schotter. Das allerbeste Fahrrad der Welt flog über ihn hinweg und wurde kreischend von den Rädern der Eisenbahn zu Schrott zermahlen.

Horst hatte Glück gehabt. Und war doch furchtbar unglücklich. Das Gesicht von Tränen, Dreck und Blut verschmiert, humpelte er nach Hause. Das Fahrradwrack zog er hinter sich her. Als seine Mutter ihn sah, stieß sie einen kurzen Schrei aus und hielt sich den Mund zu, während sie die Augen aufriss. Horst stammelte einzelne Worte: »Mein Rad … die Dampflok …« Sie versetzte ihm eine heftige Ohrfeige. Und noch eine. Dann nahm sie den dreckigen, zerschrammten Jungen in die Arme und weinte bis ihre Tränen seinen Nacken hinunterliefen.

Später sollte Horst noch viele Fahrräder besitzen, doch niemals liebte er je wieder eines so sehr wie das Erste.

Zackenkreuz und Adlervogel

An dem Tag, an dem Horst Schneider darüber nachdachte, was mit kleinen Jungen geschah, wenn sie groß wurden, erblickte im Nachbarort Renate das Licht der Welt. Und es war eine andere Welt, als die von Horst. Ihr Vater war nie an der Front gewesen. Er hatte dem Vaterland vom Schreibtisch aus gedient. Nachdem das Deutsche Reich zusammengebrochen war, distanzierte er sich eilig vom Faschismus und vergrub die Uniform, ein paar lästige Dokumente und Abzeichen im Garten. Es fiel ihm nicht schwer, alle Leute davon zu überzeugen, dass er eigentlich beinahe ein Widerstandskämpfer gewesen war. So konnte er in der jungen Bundesrepublik seine Karriere als Jurist nahtlos fortsetzen und bald verdiente er wieder eine Menge Geld. Es war fast so schön wie damals.

Renates Familie genoss früher und umfangreicher als die Schneiders die Früchte des Wirtschaftswunders. Während die Mutter von Horst heilfroh war, im Geschäft von Herrn Bracke arbeiten zu dürfen, dachten Renates Eltern darüber nach, ob sie nicht eine Haushaltshilfe einstellen sollten oder wenigstens eine Kinderfrau für die Mädchen. Während Horst unendlich glücklich war, dass er ein gebrauchtes Fahrrad mit kleinen Lackschäden zum Geburtstag bekam, reiste Renates Familie mit dem eigenen Auto an die Ostsee und machte dort Ferien.

Renate hatte eine jüngere Schwester. Inge war ›geistig behindert‹. Manche nannten sie auch ›schwachsinnig‹ oder einfach nur ›blöde‹. Renate war das egal. Inge war ihre beste Freundin. Sie spielten gemeinsam im großen Garten oder fuhren bei schönem Wetter die Puppenwagen spazieren. Auf diesen Gängen besuchten sie gerne Frau Hartmann. Das war eine liebenswerte alte Dame, die bereits zum zweiten Mal verwitwet war. Sie lebte mit dem dritten Ehemann in einem kleinen Häuschen. Ihr Küchenfenster ging zur Straßenseite raus, und immer, wenn sie die Mädchen kommen sah, holte sie eine hübsche Dose aus dem Schrank und bot ihnen Kekse oder Bonbons an.

Wenn Renate mittags von der Schule nach Hause kam, wartete die kleine Schwester schon auf sie. Inge durfte nicht in den Unterricht. Sie galt als ›bildungsunfähig‹. Bei den Hausaufgaben saß sie neben Renate und malte unbeholfene Krakel auf das Papier. Das große Schulkind sah zwischendurch auf und lobte die kleine Schwester dafür, dass sie so schön schreiben konnte. Sie machten alles zusammen. Und wenn Inge etwas nicht verstand, erklärte Renate es ihr eben. Wenn nötig auch zwei-, drei- oder zehnmal. Oft begriff sie es trotzdem nicht.

So war es meistens Renate, die Inge erklärte, wie die weite Welt funktionierte. Doch manchmal konnte die Große auch etwas von der Kleinen lernen. Immer wenn Inge etwas von den Erwachsenen wollte, sei es ein Stückchen Schokolade oder das Privileg abends eine Viertelstunde länger aufbleiben zu dürfen, immer wenn sie etwas durchsetzen wollte, zog sie ihren rechten Mundwinkel ein wenig nach oben. Wenn das nicht ausreichte, fing sie an, merkwürdig zu brummen und ihr Gesicht weiter zu verziehen. Wenn das nicht half, fing sie ein leises Jaulen an, das langsam aber sicher immer lauter und schriller wurde. Doch soweit brauchte Inge in der Regel gar nicht zu gehen. Meistens reichte das Zucken mit dem Mundwinkel und sie bekam ihre Schokolade. Und da ihre Mutter sehr darauf bedacht war, beide Mädchen gerecht zu behandeln, bekam Renate ebenfalls ihren Teil. Bald brauchte Renate die Schwester nur noch anzutippen, wenn sie Appetit auf eine Leckerei hatte. Es war keine Frage, diese Technik war ausbaufähig. Als Renate eines Abends noch nicht ins Bett gehen wollte, stupste sie die Mutter an und zog den Mundwinkel genauso hoch, wie Inge es üblicherweise tat. Die Mutter stutzte kurz, seufzte und erlaubte beiden, noch ein wenig aufzubleiben.

Beflügelt von diesem Erfolg, erzählte Renate am nächsten Tag in der Schule davon. Sie brachte den anderen Kindern in der Pause das richtige Mundwinkel-Zucken bei und bald zuckten alle wie die Weltmeister. Die Kinder des Dorfes zogen die Mundwinkel hoch, wenn sie nicht ins Bett wollten, wenn sie dringend Schokolade brauchten, sie zuckten, wenn sie keine Hausaufgaben machen wollten oder wenn sie keine Lust hatten, im Haushalt zu helfen. Sie zuckten und zuckten und die Welt hätte wunderbar werden können, wenn diese Technik auf Dauer funktioniert hätte. Leider blieb der allgemeine Erfolg aus. Einige Eltern ignorierten diesen Blödsinn, andere verteilten Ohrfeigen für solche Frechheiten. Eine wirkliche Machtübernahme durch die Kinder des Dorfes fand also nicht statt. Doch Renate und Inge konnten sich ja an Frau Hartmann wenden, wenn sie Appetit auf Süßigkeiten hatten. Bei der alten Dame brauchten die Mädchen niemals die Mundwinkel hochzuziehen, von ihr bekamen sie immer und bedingungslos, was sie wollten.

»Jetzt ist der Herbst da. Wenn du möchtest, kannst du mit Ingelein in den Garten laufen und Blumenzwiebeln setzen. Im Frühling können wir uns dann an der Blütenpracht erfreuen.« Mutter reichte Renate ein Körbchen. Die schaute neugierig hinein und sah nur ein paar hässliche, schrumpelige Zwiebeln. »Wie soll das gehen?«

»Einfach eine Handbreit tief in die Erde eingraben, du wirst schon sehen.«

Kurz darauf wühlten die Schwestern fleißig im Garten rum. »Du brauchst nicht so tief zu buddeln, wir wollen bloß Blumen pflanzen.« Inge ließ sich nicht beeindrucken und grub ein gewaltiges Loch. Renate lachte: »Willst du etwa auf Schatzsuche gehen?« Doch sie fand ebenfalls Gefallen an dem Spiel und wühlte in der schwarzen Erde herum. Bald waren die Blumenzwiebeln vergessen und die beiden versuchten nur noch, möglichst weit in das Erdreich vorzudringen. Nachdem sie eine Weile gearbeitet hatten, stieß Renate auf Widerstand. »Ich glaube, ich habe den Schatz gefunden«, keuchte sie. Inge kam zur Hilfe. Sie zerrten halbvermoderte Stofffetzen und vergammeltes Papier hervor. Und ein paar echte Medaillen. »Oh, die sind aber hübsch.« Renate spuckte auf einen Orden und rieb ihn mit dem Ärmel blank. Die Stoff- und Papierreste stopften die Mädchen wieder in die Löcher und warfen die Blumenzwiebeln hinterher. Anschließend füllten sie die Erde auf und traten sie fest.

Die Schwestern putzten die Abzeichen und polierten sie auf Hochglanz. Inge mochte am liebsten das Dings … das Zackenkreuz. Renate schwärmte für einen Vogel, einen Adlervogel, der einen Blätterkranz in den Krallen hielt. In dem Kranz fand sich allerdings auch das Zackenkreuz, aber das machte ihr nichts aus. Die blanken Abzeichen steckten sie den Babypuppen an und fuhren sie spazieren. Die Medaillen glänzten im Sonnenschein und die Puppenmütter spazierten glücklich durch den goldenen Herbst.

Endlich nahte die Weihnachtszeit. »Renatchen, du bist doch jetzt schon groß. Möchtest du mir dieses Jahr helfen, den Christbaum zu schmücken?«

Das Wohnzimmer wurde abgesperrt und niemand durfte es betreten. Niemand, außer Mutter und Renate. Sogar der Vater sollte den Baum erst am Heiligen Abend bewundern dürfen. Das Mädchen war sehr stolz und gab sich alle Mühe, der riesigen Fichte zu weihnachtlichem Glanz zu verhelfen. Nach getaner Arbeit traten Mutter und Tochter ein paar Schritte zurück und bewunderten das fertige Werk.

»Er ist wunderbar geworden.«

»Ja, die anderen werden morgen Abend begeistert sein. Vielen Dank, Renatchen, du warst mir eine große Hilfe.«

Das Mädchen konnte vor lauter Aufregung nicht einschlafen. Sie flüsterte Inge zu, wie wunderschön der Christbaum aussah, beschrieb den Glanz, redete von den Engelchen und Kerzen, schwärmte von Lametta und den zauberhaften Kugeln. Die Schwester schlief über das leise Geplapper ein, doch Renate kam einfach nicht zur Ruhe. Zu herrlich, zu wunderbar würde das Fest unter diesem Baume werden. Und endlich, als sie fast schon schläfrig wurde, bekam sie eine sagenhafte Idee. Sie würde dem Christbaum zu noch schönerem Glanz verhelfen. Da würde sogar die Mutter staunen. Ganz still stand sie auf, schlich barfuß zum Schränkchen, wo sie ihr Schatzkästchen mit den glänzenden Medaillen verwahrte. Nun tapste sie mit den einmaligen Schmuckstücken in die gute Stube und hängte sie in den Baum. Ein Zackenkreuz steckte sie neben einen goldenen Stern und ein kleines hing sie einem glitzernden Engel um den Hals. Den Adlervogel mit dem Blätterkranz befestigte sie über einer roten Kugel. Die anderen Abzeichen verteilte sie dazwischen. Es sah herrlich aus.

Bei der Bescherung am nächsten Abend schaute sie immer wieder zum Weihnachtsbaum. Er war so wunder-wunderschön. Die Medaillen gefielen ihr am besten. Mutter lächelte sie an. »Er ist wirklich hübsch geworden, Renatchen.«

Das Familienoberhaupt strich der großen Tochter wohlwollend über das Haar und sprach: »Fein habt ihr beiden den Baum geschmückt. Er ist prächtig anzusehen.« Mit einem stolzen Lächeln genoss sie das Lob, beinahe hätte sie geschnurrt wie ein Kätzchen. Doch abrupt stockte die Streichelbewegung. Renate sah dem Vater ins Gesicht. Der war ganz blass geworden, klappte den Mund auf und wieder zu. »Was ist das?«, krächzte er heiser und starrte auf ein Zackenkreuz. Seine Hand rutschte kraftlos von Renates Kopf. Er schwankte, ließ sich in den Sessel fallen und glotzte den Christbaum an. Zwischen Engeln und Lametta hingen dort Hakenkreuze und Reichsadler. »Allmächtiger! Was ist das?«

»Das sind unsere Medaillen. Sind die nicht schön?«

»Oh mein Gott! Oh mein Gott!«, keuchte Mutter, die nun auch ganz blass wurde. Hektisch rupfte sie die zweifelhaften Schätze ihrer Tochter aus den Zweigen. Diese aufgeregte Attacke führte dazu, dass einige von den glitzernden Engeln abstürzten. Der Baum schwankte so sehr, dass ein paar Christbaumkugeln ebenfalls zu Boden gingen. Und ein Zweiglein geriet in eine Kerzenflamme.

Der Vater saß totenbleich im Sessel und stöhnte: »Allmächtiger! Was sollen bloß die Leute sagen?« Renate fing an zu weinen, Inge zuckte mit dem Mundwinkel, während die Fichte knisternd und knackend Feuer fing. Mutter löschte die Flammen mit Fruchtsaftbowle, schickte die Kinder ins Bett, brachte dem Vater einen Schnaps und räumte unter Tränen das Wohnzimmer auf. Die weihnachtliche Stimmung war unwiederbringlich verloren.

Die Medaillen warf sie in den Abfalleimer. Vater blieb sitzen und stöhnte: »Wenn bloß die Nachbarn nichts davon erfahren.«

Mutter brachte dem Hausherrn den zweiten und den dritten Schnaps. Nach dem vierten fasste er sich wieder einigermaßen und summte leise ›Oh du Fröhliche‹, ›Es ist ein Ros entsprungen‹ und schließlich ›Ich hatt einen Kameraden‹ und ›Die Fahne hoch‹.

Über Zackenkreuze und Adlervögel wurde niemals wieder gesprochen.

Renate und Horst

Seit Lhakpa seinen Eltern jene Weisheit verkündet hatte, dass alles mit allem zu tun habe, auch wenn es auf dem ersten Blick nicht so aussehe, lebte und lernte er in einem einsamen Bergkloster. Die dörfliche Armut war von einer heiligen Bescheidenheit abgelöst worden. Der Junge brauchte nicht zu hungern oder zu dursten und durfte in die Schule gehen. Doch Lhakpa hatte Heimweh, vermisste Mutter und Vater.

Horst hatte einen Ausflug mit dem Rad unternommen und eine Pause eingelegt. Nun saß er am See und las ein paar Seiten in einem Buch. Er liebte es, in fremde Welten abzutauchen, während sich die Beine vom Fahren ausruhten. Und nun war er so vertieft, dass er das herannahende Gewitter noch gar nicht bemerkt hatte. Und das fremde Mädchen auch nicht.

»Was liest du denn da?«

Horst sah auf, zuckte mit den Schultern und brummelte: »Ein Buch.«

»Das sehe ich, du Dussel. Wie heißt es?«

Er sah auf den Titel, als wüsste er es nicht und antwortete: »Der Schatz im Silbersee.«

»Und ist es gut?« Sie setzte sich zu ihm. »Worum geht es?«

Horst hätte gern einfach weitergelesen, war aber zu höflich um die Antwort zu verweigern. »Es geht um Indianer, Edelmänner und Halunken in Amerika, um Edelmut, Habgier und Tapferkeit ...«

»Möchtest du da mal hin? Nach Amerika?«

Er schlug das Buch zu. »Wieso Amerika? Was willst du eigentlich von mir?«

Renate zuckte die Schultern. »Nichts weiter. Wollte nur freundlich sein.« Sie stand auf und verschwand in dem Holzverhau, der als Umkleidekabine diente. Als sie im Badeanzug wieder herauskam und auf den See zuging, grummelte es am Himmel.

»Gleich gewittert es, du gehst doch jetzt nicht ins Wasser!«

Renate sah in den dunklen Himmel hinauf. Ein Blitz zuckte, fast gleichzeitig krachte es beängstigend laut und ein Sturzregen prasselte auf sie nieder. Eilig zogen sie sich in die Umkleidekabine zurück.

»Mensch, und du wärest beinahe baden gegangen.«

»Bin ja nicht blöd, hab es doch rechtzeitig mitgekriegt.«

»Ja, da kannst du von Glück reden, das hätte dich umbringen können.«

»Schlaumeier, das weiß ich selbst.«

Sie beobachteten das Wetter.

»Ist schon ein starkes Stück, so ein Gewitter.«

»Erzähl mehr vom Schatz im Silbersee.«

Und das tat Horst. Die zwei redeten über Bücher, Filme und Musik. Auch als die Sonne durch die Wolken brach und auf dem See glitzerte, blieben sie in der Umkleide sitzen.

An diesem Nachmittag wurden sie Freunde. Sie trafen sich bald so oft wie möglich und Horst stellte fest, dass er mit ihr ganz anders reden konnte als mit seinen Kumpels. Beide mochten die gleichen Bücher und die gleiche Musik.

Von Inge erzählte Renate lange Zeit nichts. Sie wollte Horst nicht verscheuchen und auch nicht mit der Schwester teilen. Als sie die beiden doch miteinander bekannt machte, war Horst ein wenig eingeschüchtert. Er hatte keine Ahnung, wie er sich der komischen Schwester gegenüber verhalten sollte. Sie guckte so seltsam und bekam kein vernünftiges Wort über die Lippen. Es war nicht so, dass er etwas gegen sie gehabt hätte, er wusste nur nicht, wohin er schauen sollte, wenn sie ihn ansah. Er wusste nicht, wohin mit seinen Händen. Und schon gar nicht, was er zu der merkwürdigen Person sagen könnte außer »Guten Tag« und »Auf Wiedersehen«. Also vermied er zukünftig Begegnungen mit Inge, soweit es ihm möglich war.

1963 behauptete der amerikanische Präsident Kennedy, ein Berliner zu sein und sorgte für eine Menge Aufregung, als er sich ein paar Monate später in Dallas erschießen ließ. Zwei Tage darauf wurde sein mutmaßlicher Mörder ermordet. Freddy Quinn landete mit ›Junge, komm bald wieder‹ auf Platz eins der deutschen Single-Charts und Adenauer wollte nicht mehr Bundeskanzler sein. In Syrien wurde nach einem Militärputsch der Ausnahmezustand ausgerufen. Dieser sollte bis zum Ausbruch des Bürgerkrieges im Jahre 2011 anhalten. Horst und Renate interessierten sich allerdings kaum für diese Dinge. Sie hatten nur noch Augen füreinander und waren wahnsinnig verliebt. Nach einem Kinobesuch brachte Horst Renate an einem Abend heim, wie es sich gehörte. Bevor er sich verabschieden konnte, legte sie ihm den Zeigefinger auf die Lippen, zischte leise »pssst« und zog ihn in das Haus. »Ich bin wieder da!«, rief sie in das Wohnzimmer und schob den Gast die Treppe hinauf in ihr Zimmer. Voneinander betört küssten und zärtelten sie miteinander. Feuchte Zungen, tastende Hände überall. Horst wunderte sich, dass ihm ausgerechnet jetzt sein erstes eigenes Fahrrad in den Sinn kam und machte sich an dem Verschluss des Büstenhalters zu schaffen. Renate nestelte an seiner Hose herum. Es war eher tierisch und berauschend als rosarot romantisch, als sie sich auf Renates Bett fallen ließen und den Geschlechtsakt vollzogen.

»Nimmst du eigentlich die Pille?«, wollte er wissen, als er sich anschließend eine Zigarette ansteckte. Sie nahm ihm die Kippe wieder ab und zerdrückte sie im Blumentopf. »Du kannst hier nicht rauchen. Das riechen sie.«

Horst seufzte leidend.

»Ich nicht. Und du?«, fragte sie ihn.

»Was?«

»Die Pille. Ich nehme sowas nicht.«

Die Zwei wussten nicht viel über moderne Verhütungsmethoden, doch es war ihnen klar, dass sie besser vorher darüber hätten nachdenken sollen.

Aus der anfänglichen Angst vor einer Schwangerschaft entwickelte sich nach und nach die Hoffnung auf ein gemeinsames Kind. Natürlich waren beide zu jung. Und Horst hatte noch gar keinen Beruf gelernt.

Aber trotzdem, so ein Baby, ein echter, winziger Mensch, ein Spross ihrer einmaligen Liebe … wunderbar.

»Wenn was Kleines in mir wächst, dann soll es wohl so sein, dann wollen wir das Beste aus der Situation machen.«

Horst war hingerissen von dieser Einstellung. Bald versprach er ihr, dass er im Falle einer Schwangerschaft selbstverständlich um ihre Hand anhalten werde. Kurz darauf waren sie fest entschlossen in jedem Fall zu heiraten, ganz egal, ob sie ein Kind erwartete oder nicht.

An einem Freitagabend wollte Horst seiner Mutter von der Verlobung erzählen. Er setzte sich zu ihr ins Wohnzimmer vor den Fernseher und strich mit der flachen Hand das Tischtuch glatt. Seine Mutter zog eine Zigarette aus der Schachtel, brach sie in der Mitte durch und warf die Hälfte in den Aschenbecher. Das verbliebene Ende klemmte sie zwischen die Lippen und zündete es an. Horst fuhr mit dem Zeigefinger die Linie in dem aufgedruckten Muster auf der Tischdecke nach, bis sie ihn endlich fragte: »Was ist denn, Horsti? Was hast du auf dem Herzen?«

»Mama, du kennst doch Renate.«

»Klar kenne ich die. Wie auch nicht, wo ihr ständig zusammen seid.«

»Was hältst du von ihr?«

Sie zog nachdenklich am Zigarettenstummel. »Worauf willst du hinaus?«

»Ich möchte wissen, was du von ihr denkst. Wie findest du sie?«

»Nett.«

»Nett?«

»Naja, was denn sonst?« Erneut zog sie eine Zigarette aus der Schachtel, halbierte sie und steckte sich einen Teil davon an.

»Was soll das eigentlich?«, fragte Horst.

»Was?«

»Na, du wirfst dauernd die Hälfte weg.«

»Ich muss meinen Verbrauch halbieren, hat der Doktor gesagt.«

Sie schaute zum übervollen Aschenbecher. »Soll ja gesund sein. Und angeblich spart das auch Geld. Obwohl ich davon noch nichts gemerkt habe. Aber was soll's? Das Wichtigste ist ja die Gesundheit, nicht wahr?«

»Mama!«, rief Horst. »Wie findest du Renate?«

»Nett.«

Er schloss die Augen, atmete tief durch und platzte heraus: »Wir werden heiraten.« Ursula bekam einen Hustenanfall. Sie japste nach Luft und keuchte. Die halbe Zigarette zerdrückte sie am Rande des Aschenbechers. Horst sprang auf und klopfte ihr den Rücken. »Wasser!«, bat sie röchelnd. Ihr Sohn holte rasch ein Glas aus der Küche. Als sie endlich wieder atmen konnte, sah sie ihn ernst an. »Ach, Horsti.« Sie strich ihm liebevoll über die Wange. »Ihr seid doch noch Kinder.« Sie mochte Renate und hatte dem Jungen angesehen, wie glücklich er war, seit er sich öfters mit ihr traf. Also biss sie tapfer die Zähne zusammen und überwand die kleine Eifersucht. »Ich wünsche euch alles Glück dieser Erde.«

Lhakpa am anderen Ende der Welt verschwendete keinen Gedanken an Heirat oder Familienplanung. Er kannte außer der Mutter sowieso keine Frau. Und die hatte er nicht mehr getroffen, seit er im Kloster lebte. Er verbrachte die Tage mit Meditation und er las viel. Sein Meister ermunterte ihn dazu. Jedes Buch, jedes gedruckte Wort konnte Lhakpa erhalten. Er brauchte nur den Wunsch zu äußern und schon setzte der Meister alle Hebel in Bewegung, damit er es bekam. Lhakpa wusste, dass es zuweilen schwierig sein musste, Schriften zu besorgen, die im chinesischen Staat nicht gerne gesehen waren. Doch der Meister hatte Beziehungen zum Bildungsministerium, zu verschiedenen Machthabern sowie zu Dissidenten im Exil. Auch mit dem einen oder anderen Schmuggler war sein Lehrherr gut bekannt. Manchmal dauerte es Wochen oder Monate, aber irgendwann hielt Lhakpa die begehrten Bücher in den Händen. Und er las alles. Nicht bloß die klassische asiatische Literatur. Er las Marx und Trotzki, Herrmann Hesse und Friedrich Nietzsche. Er las die Werke der Anarchisten Kropotkin und Bakunin. Die Bibel ebenso wie den Koran. Aristoteles und Hildegard von Bingen. Und natürlich Adorno und Fromm, Freud, Kant und Schopenhauer. Er las sie alle. Sogar so einen Mist wie Hitlers Hetzschrift ›Mein Kampf‹. (Das hielt er allerdings nicht bis zum Ende durch, es war ihm einfach zu blöde.)

Renates Eltern nahmen die Pläne ihrer Tochter nicht so leicht wie Frau Schneider. Jedenfalls nicht der Vater. »Was? Ausgerechnet der? Der Bursche hat nichts, der kann nichts und seine Mutter taugt auch nicht viel! Glaubt ihr etwa, dass wir euch unterstützen?« Doch davon ließen die beiden Verliebten sich kaum beeindrucken. Sie schwebten auf einer rosa Wolke über allen weltlichen Dingen.

»Wenn ein Kind kommt, nennen wir es Renate. Denn es soll genauso wunderbar werden wie du.«

»Und wenn es ein Junge wird?«

»Keine Ahnung.« Horst fing an zu grinsen. »Wenn es ein Kerl wird, könnten wir es halten wie Robinson Crusoe. Wenn der Knabe an einem Freitag kommt, dann nennen wir ihn Freitag.«

Renate lachte.

»Da brauchst du gar nicht so albern zu lachen, ich habe gelesen, dass ein kleines Völkchen im nördlichen Nepal es genauso hält. Die Sherpas benennen die Kinder nach dem Tag ihrer Geburt. Wenn ein Baby beispielsweise an einem Mittwoch geboren wird, nennen sie es Lhakpa.«

»Du bist der Alberne von uns beiden. Wenn der Wurm an einem Donnerstagnachmittag kommt, taufen wir ihn Donnerstagnachmittag?«

»Klar, und als Zweitname wäre doch Zur-Kaffee-Zeit ganz hübsch, oder?«

»Hoffentlich wird es ein Mädchen.«

Doch Renate war nicht schwanger. Noch nicht.

Hühner, die Namen tragen

Renate und Horst heirateten in einem muffigen Büro im Standesamt. Der Beamte hatte starken Mundgeruch, litt an Sodbrennen und war an diesem Morgen miserabel gelaunt. Ebenso schlecht gelaunt war Renates Vater. Er lehnte nach wie vor diese ›fatale Verbindung‹ ab. Da Horst aber sein Abitur bestanden und eine feste Anstellung in der Stadtverwaltung bekommen hatte, hatte der Vater sich von Ehefrau und Tochter überreden lassen, die Ehe zu erlauben. »Aber bildet euch bloß nicht ein, dass wir euch unterstützen. Keinen Pfennig gebe ich dazu.«

1969 betraten Neil Armstrong und Edwin Aldrin als erste Menschen den Mond und die Schneiders bekamen einen Sohn. Den nannten sie nicht Freitag, sondern Mark.

Ein paar Wochen später erfuhr Renate, dass Frau Hartmann im Alter von 87 Jahren die Kellertreppe hinuntergestürzt und sich das Genick gebrochen hatte. Horst nahm seine weinende Gattin in den Arm und streichelte ihr hilflos den Rücken. Dabei wiegte er sie sanft vor und zurück. Als das Schluchzen leiser wurde, wagte er zu fragen: »Und wer war nochmal Frau Hartmann?«

Da sprudelten die Worte nur so aus Renate raus: »Das war die wunderbarste alte Dame auf der Welt. Als wir klein waren, haben Inge und ich sie oft besucht. Sie hat uns immer Süßigkeiten durch das Küchenfenster zugesteckt. Manchmal pflückten wir Feldblumen für sie. Die hat sie dann in eine niedliche blaue Vase auf den Tisch gestellt und uns versichert, dass sie nie im Leben so schöne Blumen gesehen habe. Oder wir malten Bilder für sie. Sie hat sich jedes Mal riesig gefreut und sie alle aufgehoben. Und Frau Hartmann war die Einzige in der Nachbarschaft, die uns niemals schief angeguckt, sondern immer angelächelt und freundlich begrüßt hat. All die anderen schüttelten nur die Köpfe und schauten verlegen zur Seite, weil Inge so war, wie sie eben ist. Frau Hartmann war wunderbar, sie war eine Heilige!«

Renate ahnte nicht, dass die feine alte Dame gar nicht immer so lieb und nett gewesen war, wie sie glaubte. Und schon gar nicht so heilig. Die ganze Nachbarschaft nahm an, sie sei dreimal verwitwet. Tatsächlich war sie formal noch an den ersten Mann gebunden. Die Leiche des Gatten war nie gefunden worden. Auch die sterblichen Reste des zweiten und schließlich des dritten Mannes blieben verschwunden. Frau Hartmann hatte alle drei im Schlaf mit dem stumpfen Ende einer Axt erschlagen und im Keller verscharrt. Einfach, weil sie nicht mehr verliebt in sie war. Und auf eine brutale Art verrückt.

Heute befindet sich auf dem unentdeckten Grab der Hartmänner der Parkplatz eines Supermarktes.

Eines Tages wurde Horst verbeamtet, ein Umstand, der seinen Schwiegervater etwas versöhnlicher stimmte. Das Paar kaufte einen VW-Variant und ein Häuschen im Grünen.

1975 wurde Mark ein Schulkind und Charlie Chaplin von der britischen Queen zum Ritter geschlagen. Der Fußballverein Borussia Mönchengladbach wurde Deutscher Meister und Inge, Renates Schwester, zog aus dem Elternhaus in eine Wohneinrichtung für behinderte Menschen. An den Wochenenden besuchte Renate sie oft. Ebenso ihre Mutter, die sich selbst vorwarf, ihre Tochter in ›das Heim‹ abgeschoben zu haben. Bloß der Vater ließ sich dort nie blicken. Stattdessen gründete er eine Partei.

Einmal gelang es Renate, Horst zu überreden mitzukommen. Wie schon damals, als er Inge kennengelernt hatte, wusste er nicht viel mit seiner Schwägerin anzufangen. Und sie nicht mit ihm. Sie strahlte nur ihre geliebte Schwester an und sagte zu ihm kaum ein Wort.

Im Sonnenhof lebten mehrere behinderte Menschen. Die Bewohner arbeiteten in einer eigenen Gärtnerei oder in anderen landwirtschaftlichen Bereichen. Einmal erzählte Inge ganz stolz, dass sie eine neue Freundin habe. Esther war für die Versorgung der Hennen zuständig. Und da kam sie auch schon um die Ecke und plapperte los: »Guten Tag, ich bin die Esther.«

»Ja, hallo, ich habe Besuch.«

»Guten Tag.«

»Willst du meine Hühner sehen?«

Horst antwortete erfreut: »Du hast Hühner? Gerne möchte ich sie sehen.«

Esther und Horst gingen zum Stall, während Renate überrascht bei Inge blieb und den beiden verdattert hinterhersah.

Esther liebte ihre Vögel. Und sie kannte sich aus. Sie wusste genau, wie viel Futter in die Tröge gehörte und konnte jedes Tier beim Namen nennen.

»Ach, Namen haben die auch?«

»Na klar! Das dunkle heißt Jochen.« Sie zeigte auf einzelne Tiere. »Die Braune, Bärbel, Klaus und Doktor Ahrens.«

»Zum Teil tragen sie Männernamen.«

»Ja, schon, trotzdem sind das alles Hühnerfrauen, also Hennen«, erklärte Esther ihm fachlich. »Hühnermänner werden Hähne genannt. Aber die gibt es hier nicht. Weil Männer keine Eier legen.«

»Als ich ein kleiner Junge war, haben wir auch ein paar Glucken gehalten. Aber die trugen keine Namen.«

»Ach, die Armen, dann kann man die doch gar nicht lieb haben.«

Im Auto dachte er darüber nach, ob Esther recht haben könnte. Und ihm fiel wieder der hinkende Nowak ein, der den Hennen die Köpfe abgeschlagen hatte, wenn sie keine Eier mehr legten.

»Horst! Hast du mich gehört?«

»Was?«

»Ich sagte: Schön, dass du mit zu Inge gekommen bist.«

»Ach so, naja.«

Er dachte weiter über Hühner nach. Sollte er irgendwann einmal mehr Zeit haben, würde er ein paar besorgen. Und er würde ihnen Namen geben.

Nach dem Besuch bei Inge fuhren die beiden direkt zu Renates Eltern, wo sie zum Essen eingeladen waren. Es wurde ein furchtbarer Abend.

Auf dem Heimweg bat Renate ihn gereizt: »Bitte rede mit Papa nie wieder über Politik, du weißt doch, dass das nicht gutgehen kann.«

Horst hasste die Abende bei den Schwiegereltern. »Was hätte ich denn tun sollen? Die ganze Zeit hat er mir von seiner blöden Partei erzählt.«

»Wenn Papa davon anfängt, ist es das Beste, freundlich zu lächeln und zu nicken. Er hört dann schon wieder von alleine auf.«

»Na, ich weiß nicht.« Er runzelte skeptisch die Stirn. »Da kann ich nicht einfach nichts zu sagen.«

»Doch.«

Wenn sie Renates Eltern besuchten, versuchte Horst meistens, möglichst lautlos und unsichtbar zu bleiben, aber wenn der alte Herr anfing, über all die ›schrecklichen Ausländer‹ und über den ›Untergang der deutschen Werte‹ zu reden, wenn der Schwiegervater Sachen sagte wie: »Natürlich war auch im Reich nicht alles gut, aber …«, dann konnte Horst nicht schweigen. Obwohl er Politik eigentlich uninteressant fand.

»Wenn ich mal Zeit habe, werde ich mir Hühner anschaffen.«

»Was hat das denn damit zu tun?« Renate klang ärgerlich.

Ohne es zu wissen, zitierte Horst nun Lhakpa: »Manchmal geschehen Dinge auf der Welt, die auf den ersten Blick nichts miteinander zu tun haben. Und doch hängt alles mit allem zusammen.«

Renate staunte. Solch philosophische Reden war sie von ihm nicht gewohnt.

Emil Bengtsson redete währenddessen stolz über den Wirbelsturm, der in seiner Kindheit über den väterlichen Hof gefegt war und das Plumpsklo herumgewirbelt hatte. »Mensch, Emil!«, rief Gunnar genervt aus. »Das hast du schon tausendmal erzählt.«

»Ach nein, wie die Zeit vergeht ...«

Zu Weihnachten bekam Mark Schneider vom Großvater ein Luftgewehr. Er war begeistert. Horst war entsetzt.

»Der alte Nazi kann doch dem Kind keine Waffe schenken! Ist der irre?«

»Rede nicht so über meinen Vater, nur weil du keinen hast.«

»Was hat das damit zu tun?«

»Jedenfalls kümmert er sich um den Jungen.«

»Hä? Was soll das denn heißen?«

»Es heißt, was es eben heißt.«

Darauf wusste Horst keine Antwort. Manchmal warf Renate ihm vor, er beachte Mark nicht genügend. Sie war davon überzeugt, dass er, da er seinen eigenen Vater nie kennengelernt hatte, vielleicht gar nicht wisse, wie er diese Rolle zu füllen habe.

Horst war hingegen der Meinung, er kümmere sich wirklich ausreichend um den Jungen. Er redete ständig mit ihm und gelegentlich scherzten sie miteinander.

Außerdem fand er, Kindererziehung sei eben einfach die Sache der Mutter. Er gehe ja schon täglich zur Arbeit und verdiene das Geld für die Familie.

Zum fünfzehnten Geburtstag schenkte Horst seinem Sohn ein Mofa. Es war nicht ganz neu und hatte einige kleine Lackschäden. Erstaunlicherweise hielt Mark es gar nicht für das tollste Zweirad der Welt.

»Ich wollte eigentlich kein Gebrauchtes. Da blättert ja auch schon die Farbe ab.«

»Null Problem!«, jubelte sein Vater. »Das kriegen wir hin. Wie lackieren den Hobel schwarz. Und auf den Tank malen wir Flammen. Hammer, das wird cool!« Entgegen seiner Gewohnheit versuchte Horst, eine jugendliche Sprache anzuschlagen, was Mark etwas irritierte.

Am nächsten Wochenende saßen die beiden gemeinsam in der Garage und setzten den Vorschlag in die Tat um. Auch wenn Mark zunächst nicht so begeistert war, am Ende war er mit dem Ergebnis doch zufrieden. Ein schwarzes Mofa mit Flammen auf dem Tank, das hatte sonst niemand.

Mark hatte eine Klassenkameradin, die Claudia hieß. Sie war sehr in ihn verliebt und er konnte sie auch ganz gut leiden. Claudias Großvater schenkte ihr kein Luftgewehr zu Weihnachten und auch kein Mofa, sondern eine Puppe. Dass sie schon zu groß für dieses Geschenk war, verschwieg sie ihm höflich und tat so, als würde sie sich über das Spielzeug freuen. Sie fand den Opa wunderbar. So oft wie möglich besuchte sie ihn. Er verwöhnte sie mit Limonade und erzählte stundenlang Geschichten, die er sich ausdachte, während er redete. Manchmal sprach er von der Jagd, denn in seiner Jugend war er ein leidenschaftlicher Jäger gewesen. Er liebte die Natur und ihre wilden Kreaturen. Früher hatte er immer davon geträumt, auf Eisbärenjagd zu gehen.

»Aber wenn du Tiere so gern hast, wie kannst du sie dann abknallen?«

»Ach, stell dir doch mal vor, wie herrlich es ist, so einem königlichen Eisbären gegenüberzustehen, die Flinte anzulegen, zielen …«

Nein, das wollte Claudia sich nicht vorstellen. Sie mochte Tiere und fand, das sei ein guter Grund, sie nicht umzubringen. Sie wurde Vegetarierin, was sie dem Opa jedoch verschwieg.

In den Ferien machten die Schneiders Urlaub an der Ostsee. Immer! Jedes Jahr. Mark wäre auch mal gerne in die Berge oder nach Mallorca gereist. Horst interessierte sich nicht für das Gequengel seines Sohnes. Er liebte die Eintönigkeit, liebte es, sich darauf verlassen zu können, Jahr für Jahr an den gleichen Ort in eine immer vertraute Umgebung zu kommen. Dort war es fast so schön wie zu Hause. Nur eben, dass er im Urlaub nicht zur Arbeit musste und stattdessen jeden Tag am Strand spazieren gehen konnte.

»Eigentlich würde ich auch gerne mal woanders hinfahren«, verriet Renate Horst.

»Ach, Blödsinn, es ist wunderschön am Meer, seit wann gefällt dir die Ostsee nicht mehr?«

»Doch, natürlich ist es schön, aber trotzdem … Ich würde gerne mal woanders hin.«

»Wohin denn?«

Sie bekam einen verträumten Blick. »Ich würde gerne mal an das Nordkap reisen. Das muss eine herrliche Gegend sein. Nachts leuchten dort die Polarlichter in den schönsten Farben. Die würde ich zu gerne mal sehen.«

»Hm, ja, naja, können wir ja mal hinfahren.«

Aber den nächsten Urlaub verbrachten sie wieder an der Ostsee. Renate schlug alljährlich vor, ans Nordkap zu fahren. Doch jedes Mal vertröstete Horst sie auf später.

Die Jahre plätscherten so dahin. Mark wurde groß, verließ schließlich das Elternhaus und studierte. Er zog nach Berlin und wurde ein erfolgreicher Fachmann für etwas, das weder Horst noch Renate verstanden. Es hatte irgendwas mit Computerprogrammen und virtuellen Welten zu tun.

Emil Bengtsson erzählte die immergleiche Geschichte vom fliegenden Klo. Eine Geschichte, die niemand mehr hören wollte.

Lhakpa hatte inzwischen genügend Bücher studiert. Und das passte gut, denn sein Meister war gestorben und konnte ihm keinen Nachschub mehr an Literatur besorgen. So verbrachte der Mönch die Tage in Meditation und innerer Versenkung. Auch unterwies er die Jugend in diesen Künsten. Die Klosterschüler verehrten ihn als weise. Schmunzelnd beharrte Lhakpa darauf, dass er lediglich viel Wissen angehäuft habe. Und das habe nichts mit Weisheit zu tun.

Claudia warf Mark aus ihrem Herzen und wurde Sekretärin in einem Anwaltsbüro.

Renate wünschte sich ein Enkelkind, doch ihr Sohn fand andere Männer attraktiver als Frauen und sie musste auf Familienzuwachs verzichten. Allerdings hatte der Mann von Mark eine Nichte namens Sarah. Der Erzeuger hatte sich noch vor der Geburt aus dem Staub gemacht. Das schwule Paar aus Berlin besuchte Kind und Mutter oft in Schwerin. Und gelegentlich brachten sie die kleine Sarah mit, wenn sie zu Marks Eltern fuhren. Renate war begeistert von der Kleinen und schickte ihr jedes Jahr zu Weihnachten ein großes Paket, randvoll gefüllt mit Schokolade, Spielsachen und Liebe.

Renate und Horst verbrachten jeden Sommer an der Ostsee und er versprach ihr regelmäßig, dass sie auch mal zu den Polarlichtern an das Nordkap fahren würden. Später, wenn sie mehr Zeit hatten, später, vielleicht wenn er in Pension gehen würde.

Horst wird zu Hühnerhorst

Renate hatte immer etwas zu tun. Sie liebte die Gartenarbeit und verbrachte einen großen Teil der Zeit beim Unkrautjäten, Blumenstecken und beim Rasenkantenschneiden. Horst hingegen begann, sich zu langweilen. Nachdem er in Pension gegangen war, hätten sie ja an das Nordkap reisen können. Aber was, zum Teufel, sollte er dort? Er war froh, wenn Renate nicht andauernd von den Polarlichtern redete. Als sie einmal vom Sonnenhof, wo sie ihre Schwester Inge besucht hatte, nach Hause kam, fielen ihm Esthers Hühner wieder ein. Die Hühner, die Namen trugen. »Ich werde mir auch welche besorgen«, murmelte er, ging in den Garten und fing an, einen Stall zu zimmern.

Wenige Wochen später scharrten fünf hübsche Hennen im Freigehege herum. Er liebte die Tiere und konnte sie alle beim Namen nennen. Da gab es Mark und Renate, es gab Helene Fischer, die Braune und Ursula. Sie alle legten fleißig und unermüdlich Eier. Oft kamen Kinder vorbei und fütterten die Hühner mit frischem Klee. Im Gegenzug versorgte Horst die Jungen und Mädchen mit Limonade. Oder er gab ihnen Eier mit nach Hause. Bald wurde er überall Hühnerhorst genannt und er wurde fast eine kleine lokale Berühmtheit. An manchen Tagen kamen so viele Kinder, dass die Eier gar nicht für alle reichten. Horst fuhr dann rasch in den Supermarkt und holte Nachschub, den er seinen Hennen unterschieben konnte. Für die Kinder war die Freude groß, wenn sie die Eier fanden. »Wenn die Nachfrage größer ist, als das Angebot, muss eben das Angebot erhöht werden. Ist doch klar«, dachte er sich. Manchmal erinnerte er sich an die Hennen seiner Mutter. Und an den hinkenden Nowak, der den Glucken die Köpfe abschlug, wenn sie keine Eier mehr gaben. Das würde er seinen Vögeln niemals antun. Wenn sie nach zwei oder drei Jahren nicht mehr legten, durften sie weiter herumlaufen und im Dreck scharren, bis sie eines Tages ganz von alleine umfielen und sich nicht mehr rührten. Obwohl Horst die Hühner liebte, sah er diese Verluste undramatisch. Zum Leben gehörte eben auch der Tod. Die Geflügelleichen vergrub er ohne jede Zeremonie hinter dem Bretterverschlag, der als Stall diente. Sobald wie möglich besorgte er ein junges Ersatzhuhn, gab ihm den Namen der Vorgängerin und freute sich über eine neue Eierproduzentin.

Wozu brauchte er noch die Ostsee, wenn er doch die Hühner hatte? Wozu sollte er an das Nordkap oder sonst wohin reisen, wenn er den lieben Tierchen beim Scharren zusehen konnte? Seine Hennen – das waren seine Freunde. Bessere konnte es auf der ganzen Welt nicht geben.

»Schatz, ich muss zum Garten-Center. Bringst du mich hin?«, riss Renate ihn aus den Gedanken. Wenn sie größere Einkäufe vorhatte, ließ sie sich gerne fahren, ansonsten nahm sie das Fahrrad. Doch als die beiden im Auto saßen und Horst den Motor starten wollte, stotterte dieser nur, machte ein paar röchelnde Geräusche und erstarb mit einem wehleidigen Klagelaut.

»Ich glaub', das Getriebe ist hinüber«, stellte Horst fest.

»So eine Bescherung. Jetzt müssen wir den Wagen abschleppen lassen.«

Horst überlegte kurz. »Wollen mal sehen, ich werd die alte Dame schon wieder flottkriegen.«

»Na, wenn du meinst.«

Renate stieg aus dem VW und radelte zum Garten-Center, während Hühnerhorst die Motorhaube öffnete und forschend hineinsah. Er hatte nur wenig Ahnung von Technik, aber einmal hatte er ein kaputtes Radio auseinandergebaut und neu zusammengesetzt. Und aus Gründen, die er nicht erklären konnte, funktionierte es anschließend wieder. Beim Rasenmäher hatte er mit dieser Methode ebenfalls Erfolg gehabt. »Man muss sich einfach trauen, dann wird schon was bei rauskommen«, sprach er sich selbst Mut zu und baute Stück für Stück den Motor aus, ohne zu wissen, für was welches Teil gut war. »Es wird schon gehen, irgendwie.«

Nach einigen Stunden hatte er alle Einzelteile ordentlich auf einer Plane vor der Garage aufgereiht. Kleine Schrauben, Dichtungsringe und winzige Nupsel, die keine erkennbare Funktion hatten, hatte er in alte Joghurtbecher verteilt. Nachdenklich sah er auf den gut sortierten Motor und fuhr sich mit den öligen Fingern durch das Haar. Er wusste nicht, wie er die vielen Teile jemals wieder zusammenkriegen sollte.

Sarah, die Nichte von Marks Mann, also beinahe das Enkelkind von Renate, lernte an diesem Nachmittag ihre erste große Liebe kennen. Dennis war ein unheimlich cooler Typ. Der interessierte sich für Politik und Geschichte. Und er wusste genau, was läuft. »Du darfst nicht alles glauben, was die da oben erzählen. In Wirklichkeit ist alles ganz anders.« Das fand Sarah toll. Sie war sicher: Der Typ wusste Bescheid. Und süß war er auch.

Am Abend saß Horst auf der Terrasse. Auf dem Tisch stand eine Flasche Bier und auf seinem Schoß hockte Mark, das Huhn, und ließ sich die Federn kraulen. Renate kniete neben dem Beet und zupfte mit erdigen Fingern Unkraut.

»Ich habe den Motor auseinandergenommen und gründlich durchgesehen, aber den Fehler konnte ich noch nicht finden.«

»Was für ein Glück, Schatz, dass du dich damit auskennst.«

»Hm, naja.«

»Der Werkstatt hätten wir bestimmt ein Vermögen zahlen müssen.«

»Ja, mal sehen, was ich tun kann.«

»Du schaffst das schon. Du kriegst doch alles hin.«

»Hm, naja.«

Mark fing an zu gackern und Horst hatte kurz das Gefühl, das Huhn würde über ihn lachen. Freundlich und wohlwollend zwar, wie Hühner nun mal sind, aber auch irgendwie ein bisschen gemein.

Hans-Jürgen war genauso alt wie Hühnerhorst, konnte jedoch Tiere nicht ausstehen. Er hatte sein Leben lang gearbeitet und jetzt, wo er in den wohlverdienten Ruhestand trat, wusste er mit all der Zeit gar nichts anfangen. Seine Frau, die zufällig wie die Mutter von Horst Ursula hieß, war ihm bei diesem Problem keine besondere Hilfe. Sie kümmerte sich hingebungsvoll um herrenlose Katzen und quengelte ihm die Ohren voll, er möge die lieben Tierchen bitte mit ins Haus lassen. Doch das wollte er auf gar keinen Fall. Wenn die werte Gattin schon Unsummen für Katzenfutter und Flohpuder ausgab, sollten die Biester ihn wenigstens nicht bis in die Wohnung verfolgen. Es reichte ihm vollkommen, wenn sie den Geräteschuppen belagerten und vollpissten. Überhaupt war Hans-Jürgen das, was man einen Nörgler nennen konnte. Er ärgerte sich über die Nachbarn, das Wetter und lärmende Kinder in der Mittagspause. Im Herbst ärgerte er sich über das Laub auf den Gehwegen und im Frühling über das sprießende Unkraut. Die Katzen seiner Frau ärgerten ihn, die Nachrichten, Politik und Fußball. Und weil alles so ärgerlich und er selbst so hilflos war, gewöhnte er sich an, die Nummern der falschparkenden Autos zu notieren. Denn Verstöße gegen Recht und Ordnung ärgerten ihn auch. Also zeigte er die Übeltäter an. Alle! So hatte Hans-Jürgen einen neuen Lebensinhalt gefunden. Tag für Tag schlich er durch die Straßen, kritzelte ein Notizbuch nach dem anderen voll und meldete, wen er nur konnte. Er war in der Nachbarschaft nicht besonders beliebt. Das war ihm egal. Irgendwer musste schließlich für Recht und Ordnung sorgen. Wozu sollten ihn seine Mitbürger mögen? Er mochte sie ja auch nicht. Seine Frau wurde von den Nachbarn geschnitten und längst nicht mehr gegrüßt. Na und? Sollte er etwa darauf Rücksicht nehmen? Recht müsse Recht bleiben, fand Hans-Jürgen, ob das nun den Nachbarn gefalle oder nicht.

Manchmal dachte Ursula an die schöne Zeit zurück, als ihr Mann noch arbeitete und sich nur im Büro unbeliebt gemacht hatte, als er gar keine Zeit hatte, alle Welt zu denunzieren. Was war das schön gewesen. Und als Hans-Jürgen Krebs bekam und jämmerlich krepierte, war Ursula gar nicht traurig sondern fühlte sich grenzenlos erleichtert und befreit.

Doch als Renate Krebs bekam, sich verzweifelt gegen den Tod auflehnte, brach für Horst eine Welt – seine Welt – zusammen. Als seiner lieben Frau von den starken Medikamenten übel wurde, als sie sich dauernd übergeben musste, wischte er ihr ohne zu zögern das Erbrochene aus den Mundwinkeln und gab ihr einen Kuss. Die Liebe war stärker als jeder

Ekel. Wenn sie Angst bekam, mutlos und traurig wurde, nahm er sie in seine Arme, summte ihr etwas vor oder erzählte davon, wie sie sich kennengelernt hatten, von den Fahrten an die Ostsee oder von Mark. Oder er machte einen vorsichtigen Scherz, obwohl ihm selbst zum Weinen zumute war. Abends saßen sie oft eng umschlungen auf dem Sofa, redeten darüber, wie sie an das Nordkap fahren würden, sobald der Krebs überwunden sei. Und dann starb sie. An einem Donnerstagnachmittag. Zur Kaffeezeit. Ohne je ein Polarlicht gesehen zu haben.

Aufbruch

Siebenundzwanzig Kätzchen teilten sich das Haus mit Ursula. Überall lag Katzenspielzeug herum und in den Ecken standen Kratzbäume. Außerdem hatte die Witwe, nachdem Hans-Jürgen endlich gestorben war, alle Möbel, außer einem alten Bauernschrank, aus dem Wohnzimmer geworfen. Stattdessen hatte sie vier kleine Tischchen aufgestellt und diese liebevoll mit Spitzendeckchen und Porzellankätzchen dekoriert. Vor der Tür hing seit ein paar Tagen ein Schild, auf das in rosa Buchstaben ›Katzencafé‹ geschrieben stand. Dazu hatte Ursula eine Mieze gemalt, die mit einem Wollknäuel spielte. Wahrscheinlich hätte sie die Geschäftsidee beim Gewerbe- oder beim Ordnungsamt anmelden müssen, doch das war ihr zu umständlich gewesen. Sie war davon begeistert, den Gästen nicht bloß Kaffee und Kuchen, sondern auch Schmuse- und Spieleinheiten mit den Tierchen zu bieten. Tatsächlich kamen die meisten Nachbarn zur Eröffnung und die niedlichen Kuscheltiger zeigten sich von der besten Seite. Sie schnurrten, ließen sich kraulen, spielten mit den Besuchern und waren hübsch anzusehen.

Vor der Garage von Hühnerhorst lag der Motor gut sortiert auf der Plane und rostete vor sich hin. In den Pfützen zwischen den Einzelteilen glänzte ein öliger Film. Horst stand am Fenster und sah durch den Nieselregen in die trübe Welt hinaus. Seit Renate tot war, schleppte er sich nur noch mühsam von Tag zu Tag. Eine Zeitlang hatte er versucht, den Schmerz in Alkohol zu ertränken. Das war ihm nicht gelungen. Davon war ihm bloß übel geworden. Kurz hatte er in Erwägung gezogen, sich im Keller aufzuhängen. Doch das hatte er sich nicht getraut. Außerdem fehlte ihm die Kraft, ernsthaft darüber nachzudenken. Manchmal glaubte er, er müsse weitermachen, das sei er den Hühnern schuldig. Und irgendwie auch Renate. Aber meistens dachte er gar nichts, sah nur stumpfsinnig aus dem Fenster oder an die Wand. In der ersten Zeit kamen noch gelegentlich

Kinder aus der Nachbarschaft, um den Hennen frischen Klee zu bringen. Hin und wieder ließ er sie gewähren, zuweilen jagte er sie schimpfend vom Hof. Bald blieben sie weg. Ebenso wie Mark. Den hatte er nach der Beerdigung höchstens ein- oder zweimal gesehen, dann hatte er sich nicht mehr blicken lassen. Vielleicht hatte Horst sich früher wirklich zu wenig um den Jungen gekümmert. Er schnäuzte in seinen Ärmel und schlurfte in die Küche. Ihm war eingefallen, dass er heute noch gar nichts gegessen hatte. Am Herd stehend aß er kalte, verkohlte Bratkartoffeln vom Vortag direkt aus der Pfanne. Dabei dachte er darüber nach, ob er gestern oder vorgestern das letzte Mal zu den Hühnern gesehen hatte. Es wollte ihm nicht mehr einfallen. Die Tage waren sich einfach zu ähnlich geworden. Mit dem Handrücken wischte er das Fett vom Mund und fühlte, dass die kratzigen Stoppeln inzwischen zum Bart gewachsen waren. Renate hatte es gehasst, wenn er schlecht rasiert war. Und wie die Küche nun aussah, das hätte sie richtig zornig gemacht. Doch all das spielte keine Rolle. Es gab keine Renate mehr. Er warf die Pfanne mit den Kartoffelresten in die Spüle, wo sie einiges von dem schmutzigen Geschirr zerschlug, das sich dort stapelte. Horst schlurfte nach draußen. Er musste mal wieder nach den Hühnern sehen.

Nach einer Weile hatten die niedlichen Kätzchen im Café die Lust daran verloren, sich dauernd von den Leuten streicheln zu lassen. Wenn sich jemand näherte, versteckten sie sich auf oder unter dem Bauernschrank oder liefen einfach davon. Wurden sie zu sehr bedrängt, fauchten sie aggressiv und häufig kratzten sie die Gäste. Und Katzenkrallen konnten schmerzhafte Verletzungen verursachen. Die einst so possierlichen Tierchen wurden von Tag zu Tag verhaltensauffälliger. Und andauernd pinkelten sie neben anstatt in das Katzenklo im Flur. Ein beißender Geruch machte sich breit. So war es nicht verwunderlich, dass die Gäste bald wegblieben.

»Ich will endlich mal ans Nordkap«, stellte das Huhn klar. »Ich will endlich mal ein Polarlicht sehen!«

Horst staunte. »Ich hör wohl nicht recht! Seit wann, bitteschön, können Hühner reden!«

Die Glucke gab keine Antwort, sondern scharrte im Dreck, als sei nichts gewesen. Von den fünf Hennen waren bloß zwei übrig geblieben, Helene Fischer und Renate. Die anderen waren nach und nach weggestorben. Das war eben der Lauf der Zeit. Ganz natürlich. Horst fand bemerkenswert, dass ihn ausgerechnet das Huhn mit dem Namen seiner Frau angesprochen hatte.

»Hast du auch was dazu zu sagen?«, fragte er Helene Fischer, aber die reckte sich nur kurz, flatterte mit den Flügeln und drehte ihm den Hintern zu. »Also, dann halt du ebenfalls den Schnabel«, schnauzte er Renate an. »Bist doch kein Papagei«, stellte er etwas freundlicher fest und warf ihr ein paar Körner Kraftfutter zu. Sofort kam auch Helene Fischer angestürmt. Horst sah den beiden zu, wie sie gierig pickten. Er nahm den Eimer, den er immer zum Ausmisten benutzte, stülpte ihn um und setzte sich. Die Ellenbogen stützte er auf die Knie. Die Vögel hatten die paar Körner rasch vertilgt und liefen bettelnd zu ihm. »Na ja, wir sind ja all die Jahre bloß an die Ostsee gefahren«, gab er zu. »War auch schön, aber Polarlichter haben wir da nie gesehen.« Er kraulte Renate das Gefieder, während Helene Fischer mit dem Schnabel an seinen Schürsenkeln herumfummelte. Er holte eine weitere Handvoll Futter aus der Tasche und hielt sie den beiden hin. Begeistert fraßen sie ihm aus der Hand. Natürlich hatte er sich die Worte des Huhns nur eingebildet, aber trotzdem … Immerhin hatte nicht irgendwer geredet, sondern Renate. Und er hatte seiner Frau versprochen, an das Nordkap zu fahren. Und was sollte er überhaupt sonst tun? »Also Horst«, sagte er zu sich selbst, »es wird Zeit ein altes Versprechen einzulösen.« Zum ersten Mal seit langem kam fast ein wenig Freude in ihm auf. Er ging eilig ins Haus, nahm eine heiße Dusche und rasierte sich. Kurz dachte er daran, einen Anzug anzuziehen, immerhin wollte er der Liebe seines Lebens eine besondere Ehre erweisen. Aber für eine so weite Reise holte er besser etwas Bequemes aus dem Schrank. Aufgeregt packte er die Tasche. Eine Landkarte konnte er nirgends finden, doch das spielte keine Rolle. Er brauchte keine. Horst war so oft an die Ostsee gereist, den Weg könnte er blind fahren. Mit dem Schiff würde er nach Skandinavien übersetzen und sich dort einfach nördlich halten. So schwierig konnte das nicht sein. Nein, eine Landkarte war völlig überflüssig. Außerdem hatte Renate früher immer neben ihm im Auto gesessen und die Karte gelesen, während er fuhr. Daran wollte er nicht dauernd erinnert werden.

Horst schulterte die Tasche, nahm den Autoschlüssel vom Haken im Flur und zog die Tür hinter sich zu. Beinahe hätte er gepfiffen.

»So ein Mist!« Er blieb vor dem gut sortierten Motor stehen. »Das Auto ist ja kaputt.« Das hatte er völlig vergessen. Wie sollte er denn jetzt an das Nordkap kommen?

In Berlin gab Mark seinem Mann einen Kuss auf die Wange. »Alles Liebe zu unserem Jahrestag, mein Hase.«

Alex lächelte. »Danke, dir auch. Hast du ihn inzwischen wenigstens mal angerufen?«

»Wen?«

»Du weißt, wen ich meine. Deinen Vater, du Dussel.«

Mark zog genervt die Stirn kraus. »Bin noch nicht dazu gekommen.«

»Was soll das denn heißen? Er ist dein Vater. Du kannst ihn doch nicht so hängenlassen.«

»Der lässt sich doch selber hängen. Ich kann sein Gejammer nicht ertragen.«

»Na und? Er ist dein Vater!«

Horst ließ die Tasche zu Boden gleiten, überlegte kurz und ging dann zielstrebig an den Motorenteilen vorüber in die Garage. Hinter dem Autowrack führte eine Tür in den Anbau. Dieser war ursprünglich als Werkstatt gedacht gewesen, diente jedoch schon seit Jahren bloß noch als Gerümpelkammer. Zwischen dem alten Fahrradanhänger von Renate und einem Holzkohlegrill stieß er auf Marks Mofa. Er zog es heraus und schob es vor die Garage. Teilweise war der Lack abgeblättert, doch das Flammenmuster war noch deutlich zu erkennen. Als Horst es ein wenig schüttelte, gluckerte etwas Benzin im Tank. Nach wenigen Startversuchen hustete der Auspuff eine blauschwarze Wolke aus und der kleine Motor knatterte munter vor sich hin. Horst fuhr die Einfahrt entlang, wendete auf der Straße und kam wieder zurück. Es funktionierte einwandfrei. Die Reifen brauchten etwas neue Luft, waren aber noch nicht komplett platt. Er ging zurück und zerrte den Fahrradanhänger heraus. Bedauerlicherweise war die Anhängerkupplung nicht mehr zu finden, aber Horst gelang es, die Deichsel mit Blumendraht ziemlich fest an dem Mofa zu befestigen. Hinter dem Holzkohlegrill fand er die Campingausrüstung seines Sohnes. Das Zelt war etwas schimmelig, aber es schien ihm noch einigermaßen dicht zu sein. Auch der Gaskocher und der dazugehörige Alu-Topf waren offensichtlich in Ordnung. In dem Schlafsack hatten sich leider ein paar Mäuse eingenistet. Er war zerlöchert und roch unangenehm. Horst holte lieber sein Bettzeug aus dem Haus. Außerdem packte er noch einige Konserven mit Fertiggerichten aus der Vorratskammer ein. Wer konnte schon wissen, ob es am Nordkap genügend Einkaufsmöglichkeiten gab. Der Anhänger war bald schwer beladen. Beim Anfahren keuchte das alte Mofa etwas, doch als es in Schwung kam, fuhr es einwandfrei. Auf der Straße bremste Horst ab. Das Wichtigste hatte er beinahe vergessen: Helene Fischer und Renate. Er kehrte um und fuhr zurück auf den Hof. Die Hühner sperrte er in zwei Transportkisten und verschnürte sie fest auf dem Hänger. Erneut hustete das Mofa eine stinkende blauschwarze Wolke aus und Horst machte sich auf die große Reise an das Nordkap.

Pfefferminz

Wie an jedem Morgen hatte sich Lhakpa auch an diesem denkwürdigen Freitag der inneren Versenkung hingegeben. In stiller Einsamkeit meditierte er friedlich, als ihn plötzlich eine tiefe Erkenntnis ergriff. Sie durchflutete ihn strahlend und sanft, als käme sie direkt aus der göttlichen, ewigen Welt, als habe das Übersinnliche in ihm, zu ihm, gesprochen. Es war, als habe sich ihm Mutter Erde, die Seele allen Seins, offenbart. Er war schlagartig erfüllt von grenzenloser Liebe und Güte für jedes Wesen. In ihm wogte ein Meer des inneren Friedens, der Glückseligkeit. Lächelnd schloss er die Augen und horchte auf das warme, helle Gefühl in seinem Herzen. Wahrhaftig, er war erleuchtet! Er wusste nun, wie das Universum pulsierte und gleichzeitig in sich ruhte, wie alles Dasein funktionierte und ineinander verflochten war. Und er wusste die Antwort auf eine Frage, die er gar nicht gestellt hatte, eine Antwort auf die Frage, die jeder Erwachsene zu stellen verlernt hatte. Lhakpa wusste jetzt, wie die Menschen glücklich und in Frieden miteinander leben könnten. Ob arm, ob reich, ob klein oder groß, jung oder alt, ob dumm oder klug. Er lauschte auf die Weisheit in seinem Herzen und war sicher, dass es funktionieren würde. In Gedanken ging er all die Bücher durch, die er gelesen hatte, rief in sich all die Dinge auf, die er jemals gesehen und gehört hatte. Während er jeden Aspekt sorgfältig durchdachte, von allen Seiten betrachtete, schien die Zeit stillzustehen. Lhakpa hatte einen überirdischen Zustand erreicht, in dem Zeit keine Bedeutung mehr hatte.

Renates Beinahe-Enkelkind sah ihren Traumprinzen verliebt an. Dennis hatte seinen Kopf rasiert. Das stand ihm extrem gut, fand Sarah. Er sah jetzt echt sexy aus. »Weißt du, Süße, die Neger werden jeden Tag mehr. Es wird immer schlimmer. Heute pöbeln sie uns im eigenen Land an, morgen vergewaltigen sie deutsche Frauen und verkaufen Drogen an Kinder. Und was macht der Staat? Der zahlt denen auch noch Sozialhilfe. Die brauchen nichts zu beantragen. Die kriegen automatisch das Doppelte von dem, was ich bekomme.«

»Wow, Dennis hat voll den Durchblick«, dachte Sarah.

»Es wird Zeit für eine Revolution. Für einen deutsch-nationalen Volksaufstand!«

Als Horst zur großen Nordkapfahrt aufgebrochen war, fühlte er sich gut. Wie von einer schweren Last befreit. In der Aufregung hatte er kaum Zeit für die Trauer gehabt. Beinahe fröhlich hatte er sich auf das Abenteuer eingelassen. Doch nun, als die Kilometer eintönig unter ihm hinwegsummten, dachte er wieder an die Liebe seines Lebens, an Renate. Und er spürte erneut die Leere, fühlte sich einsam und verloren. Wie oft war er mit ihr hier entlanggefahren? Zweifel stieg in ihm auf. Sollte er wirklich diese irrsinnige Fahrt fortsetzen? Wozu? Für wen? Was würde eine Reise denn schon ändern?

An der Autobahnauffahrt hielt Horst an. Die konnte er mit dem Mofa nicht benutzen. Das war nicht nur verboten, sondern auch lebensgefährlich. Leider kannte er den Weg über die Landstraße nicht. Er war so oft an die Ostsee gefahren, aber immer in dem alten VW, über die Autobahn. Vielleicht hätte er doch eine Landkarte mitnehmen sollen. Ein Lieferwagen raste dicht an ihm vorbei und bog ab. Dabei streifte er ihn beinahe und hupte wie verrückt. Die beiden Hühner gackerten aufgeregt. »Verdammt, dann fahre ich eben durch die Dörfer, das kann ja nicht so schwer sein!« Horst startete erneut den kleinen Motor und knatterte an der Auffahrt vorbei. »Wer braucht die beknackte Autobahn? Wer braucht eine bescheuerte Landkarte, wenn er sowieso nur in den Norden will?« Stur fasste er den Entschluss, auch an der nächsten Tankstelle auf keinen Fall eine Karte zu besorgen.

Am Nachmittag hielt Horst in einem winzigen Kaff, um eine Pause einzulegen. Mit steifen Gliedern stieg er ab und massierte sich den schmerzenden Hintern. »Na, wollt ihr euch kurz die Beine vertreten?« Helene Fischer und Renate sahen ihn durch das Gitter der Transportkisten an und gackerten freundlich. »Aber nicht abhauen, wir sind erst am Anfang der Reise.« Er setzte seine gefiederten Freundinnen auf den Rasen vor einer niedrigen Friedhofsmauer. Ohne zu zögern fingen sie an, den Boden nach Leckereien abzusuchen. Sie scharrten mit den Krallen und pickten hier und da etwas auf. An der Bushaltestelle auf der gegenüberliegenden Straßenseite saß eine Frau und sah zu den Dreien herüber. Horst drehte sich um, verschwand hinter einer hohen Weißdornhecke und pinkelte in den Graben. Als er zurückkam, holte die Alte eine Thermoskanne und einen Becher aus einer karierten Einkaufstasche. Er nickte ihr zu und schlenderte zum Wartehäuschen.

»Guten Tag«, grüßte er freundlich. »Darf ich mich zu Ihnen setzen?«

Sie rutschte etwas zur Seite und fragte: »Laufen die nicht weg?«

»Wer?«

»Die Hühner. Sie lassen sie einfach so aus den Käfigen.«

»Na, ich hoffe mal nicht.«

»Was?«

»Dass sie weglaufen.« Horst setzte sich. »Ich hoffe, die beiden kommen brav wieder zurück ins Körbchen.«

»Na, wenn Sie meinen.« Die Dame sah nachdenklich zu den Hühnern.

Am Rande des Himalaya hockte Lhakpa lächelnd auf dem Boden. Hunger und Elend der Welt könnten ganz einfach mit der Methode überwunden werden, die sich ihm offenbart hatte. Die Menschen könnten sich täglich satt essen, jedes Erdenkind würde sogar ein gewisses Maß an Wohlstand erreichen. Es bräuchten weder Mensch noch Tier für diese Idee ausgebeutet werden. Es würde problemlos funktionieren. Und nicht einmal etwas kosten. Kaum zu glauben, dass bisher niemand darauf gekommen war.

Überaus glücklich stand Lhakpa auf. Er wusste nun, was seine Aufgabe war. Er wollte den Menschen den Frieden, das Glück bringen. Er wollte die Erkenntnis in die Welt tragen. Würdevoll und in sich ruhend schritt er leichtfüßig den Pfad entlang. Um nicht versehentlich kleine Käfer oder Ameisen zu zertreten, schwebte er wenige Zentimeter über dem Boden.

Er musste einige Kilometer zurücklegen, bis er an die große Straße nach Chengdu kam.

Horst saß mit der alten Dame im Wartehäuschen. Sie sahen in aller Ruhe den Hühnern beim Picken und Scharren zu.

»Möchten Sie etwas Pfefferminztee? Ich habe noch eine frische Tasse«, fragte sie ihn und kramte einen Becher aus der karierten Tasche.

»Oh, nein danke, ich bin da nicht so für.«

»Ich auch nicht.«

Sie nahm einen Schluck und verzog angewidert das Gesicht. Er sah sie nachdenklich von der Seite an und fragte überrascht: »Sie mögen gar keinen Tee?«

»Keinen Pfefferminztee.« Sie schüttelte sich. »Wie der schon riecht.«

»Ich verstehe«, log Horst.

»Ich kann den ja nicht wegtun«, erklärte sie ihm. »Der ist ja noch gut.«

»Ich verstehe.«

Die beiden sahen schweigend auf die Hühner, bis ein Bus kam und ihnen den Blick versperrte. Die Tür öffnete sich und der Fahrer rief freundlich: »Hallo, schöne Frau!«

»Guten Tag, Markus«, antwortete sie.

»Wie geht's?«

»Muss ja, Junge, muss ja.«

»Wem sagen Sie das?«

Zischend schloss er die Tür und fuhr davon.

»Wollten Sie denn gar nicht mitfahren?«

»Nein, ich sitze bloß gerne hier und trinke meinen Tee.«

»Den Sie aber gar nicht mögen.«

Sie nickte, roch an dem Becher und nippte tapfer daran.

»Tja, was soll man tun, wenn man alt und allein ist?«, fragte sie.

»Abwarten und Tee trinken.« Horst bereute die Worte schon, bevor er sie ausgesprochen hatte. Wie konnte er bloß eine so alberne Bemerkung von sich geben?

»Ich habe noch eine riesige Kiste mit dem Zeug zu Hause. Das war ein Sonderangebot. Früher hatten wir nämlich einen Laden im Dorf.«

»Und jetzt nicht mehr?«

»Nein, der musste schließen. Das liegt am Internetz, sagte der Kaufmann. Die Leute kaufen heute alle in der Stadt oder im Internetz.«

»Und deswegen sitzen Sie hier und trinken Tee, den Sie nicht mögen?«

»Was soll ich denn machen? Der ist doch noch gut.«

»Ich bin auch alt und allein. Und trinke trotzdem keinen Pfefferminztee.«

»Sie haben die Hühner. Die sehen nett aus.«

»Ja, das sind sie auch. Es sind die freundlichsten Tiere, die man sich vorstellen kann. Helene Fischer und Renate.«

»Ach, die haben Namen? Wie putzig.«

»Ja, Renate hieß meine verstorbene Frau. Und Helene Fischer, naja, meine Frau liebte Schlager.« In Horst brodelte wieder die Trauer auf. »Und nun ist sie tot.«

»Nehmen Sie einen Schluck, das tut gut.« Sie hielt ihm einen Becher hin.

Horst roch an dem Tee und dachte: »Pfui Deibel, sowas kann man doch nicht trinken.«

»Zu Hause habe ich mindestens 500 Beutel davon. Beste Qualität. Wenn man denn Pfefferminztee mag.« Ihre Stimme zitterte ein wenig.

Horst nahm höflich einen winzigen Tropfen zu sich und stand lächelnd auf. »Ich muss jetzt weiter. Es liegt ein langer Weg vor mir. Ich fahre nämlich ganz bis an das Nordkap. Das hab ich Renate versprochen.«

»Dem Huhn?«

»Auch.«

Er reichte der Dame die Hand, verbeugte sich sogar.

»Auf Wiedersehen und vielen Dank für den Tee.«

Horst ging über die Straße, lockte Helene Fischer und Renate mit etwas Kraftfutter an und sperrte sie in ihre Kisten.

Li Cai war mit dem LKW unterwegs. Er hatte den Auftrag, eine Ladung Hühner nach Chengdu zu bringen. Li war ein hemmungsloser Trinker, obwohl sich diese Leidenschaft nur schwer mit seinem Beruf als Kraftfahrer vereinbaren ließ. Er hatte sich bereits vor dem Frühstück eine beachtliche Menge klaren Báijiu in den Hals gekippt. So war es nicht verwunderlich, dass er gar nicht bemerkte, wie er einen alten, dürren Mann mit dem Laster überrollte. Li Cai nahm einen tiefen Zug aus der Flasche und raste weiter über die staubige Straße, ohne das Unglück, dass er verursacht hatte, zu bemerken. Aus den Lautsprechern in der Fahrerkabine sangen die Beatles dröhnend ›All you need is love‹ und im Straßengraben schmeckte Lhakpa, während er starb, aus unerklärlichen Gründen einen Hauch von Pfefferminz. Und das war schade, denn er verabscheute diesen Geschmack.

Niemand bekam etwas von der Tragödie mit. Li Cai nicht und Horst auch nicht. Nachdem er die Hühner in ihren Kisten auf dem Hänger verschnürt hatte, stieg er auf das kleine Mofa mit den Flammen auf dem Tank und fuhr los. Der Dame im Wartehäuschen winkte er noch freundlich zu und setzte seine Reise fort.

Meerschweinchen

Dennis hatte eine andere. Der blöde Hund! Sarah, Renates Beinahe-Enkelkind, ärgerte sich wahnsinnig. Wie hatte sie nur auf den Doofmann reinfallen können? Dieser Idiot mit den großen Stiefeln und der bescheuerten Glatze. Er hatte sie einfach fallen lassen für eine beknackte Blondine. Zornig verließ sie das Clubhaus. Soll der Hurensohn doch weiter mit dem Flittchen rummachen. Sie wollte ihn nie nie wiedersehen! Sarah war fertig mit dem Mistkerl und mit der ganzen Bande.

Der Boden unter dem Zelt war hart und nicht eben. Außerdem waren Helene Fischer und Renate erst spät zur Ruhe gekommen. Horst hatte sie zu sich geholt, weil es ihm herzlos erschienen war, sie über Nacht draußen in den engen Kisten zu lassen. »Da gehe ich schon mit den Hühnern zu Bett, und ihr habt nichts Besseres zu tun als die halbe Nacht Rabatz zu machen.« Er öffnete den Reißverschluss und krabbelte auf die feuchte Wiese. Dabei patschte er mit der linken Hand in Hühnerkacke. »Und was soll die Sauerei?«, motzte er. »Wenn ihr heute Abend wieder im Zelt schlafen wollt, dann aber nur in den Kisten, verdammt!« Er wischte seine Hand im Gras ab. Die Hennen folgten ihm zögernd nach draußen. »Na, ihr werdet euch noch ans Campen gewöhnen.« Er reckte die Glieder. »Und ich mich hoffentlich auch.« Etwas steif kramte er Marks Gaskocher aus dem Gepäck hervor, während die beiden Tiere im Gras pickten. Kaffeepulver und Kondensmilch hatte Horst dabei, bloß Wasser fehlte ihm. Zerknirscht holte er seine Armbanduhr aus dem Zelt und stellte fest, dass es erst halb fünf war. Wo sollte er in aller Herrgottsfrühe mitten auf dem Land Wasser für den Kaffee herbekommen? Und wie sollte er ohne Wasser das Zelt säubern?

Schlecht gelaunt schmierte er ein Butterbrot und aß es stehend. Anschließend wischte er die Hühnerkacke so gut wie möglich mit feuchten Grasbüscheln vom Zelt ab, packte eilig zusammen, sperrte die Hühner ein und fuhr los. Bei der nächsten Gelegenheit wollte er anständig frühstücken. Später würde er sich einen Vorratsbehälter für Trinkwasser besorgen, denn wie könnte er eine solche Reise überstehen, ohne morgens einen Kaffee zu trinken?

Es war schon Vormittag, als Horst vor einem Schild hielt, auf dem in rosa Buchstaben ›Katzencafé‹ zu lesen war. Unter dem Schriftzug war ein niedliches Kätzchen gemalt, das mit einem Wollknäuel spielte.

»Hoffentlich kriege ich hier ein anständiges Frühstück. Und vor allem eine Tasse Kaffee.« Er öffnete die Haustür. Ein beißender Geruch schlug ihm entgegen. Mit drei Schritten durchquerte er den Flur und riss die Tür auf, auf der in schnörkelige Schrift ›Gaststube‹ geschrieben stand. »Tür zu!«, rief eine Frauenstimme. Horst trat ein und wäre beinahe auf ein Meerschweinchen getreten. Quiekend lief es davon. Vorsichtig schloss er die Tür und nahm Platz. Auf dem Tisch vor ihm lag ein Spitzendeckchen. Und ein Porzellankätzchen. Es trug ein Schleifchen um den Hals, hatte sich auf den Rücken gedreht und spielte bewegungslos mit einem Schmetterling.

»Guten Tag, was kann ich für Sie tun?« Eine Frau im gleichen Alter wie Horst begrüßte ihn lächelnd.

»Ich möchte frühstücken.«

»Brötchen und Kaffee?«

»Gerne.«

»Muss ich eben noch fertig machen. Käse oder Wurst?«

»Beides. Und vor allem Kaffee.«

»Muss ich noch aufsetzen. Ansonsten könnte ich Ihnen Tee anbieten. Den habe ich schon fertig.«

»Nein danke, da warte ich lieber.«

»Ist recht.«

Die Frau verschwand im Nebenraum und klapperte mit Geschirr, während Horst sich umsah. Überall saßen Porzellankatzen rum und auf jedem Tisch lag ein Spitzendeckchen. Zwischen all dem Kitsch huschten Meerschweinchen hin und her. Ein braunes mit weißen Flecken näherte sich seinem Fuß, schnupperte neugierig am Schuh und lief eilig davon, als Horst sich bewegte.

»Ach, wie schön! Goliath hat sich vorgetraut.« Die Frau trug ein Tablett an den Tisch. »Haben Sie nur etwas Geduld, dann kommen die anderen auch.«

Sie stellte einen Teller auf das Deckchen. Dazu eine Tasse mit Pfefferminztee

»Der Kaffee muss noch durchlaufen. Ich habe mir gedacht, vielleicht wollen sie vorab doch einen Tee. Der geht aufs Haus.«

Horst stöhnte leise und leidvoll auf.

»Ich habe Ihr Gefährt gesehen.« Sie setzte sich zu ihm. »Darf ich?«

Er nickte.

»Sie machen wohl eine längere Reise.«

Horst biss in das Käsebrötchen.

»Sind da Enten in den Kisten?«

»Hühner.«

»Ich habe ja Meerschweinchen.«

»Hab ich schon gesehen.«

»Erst hatte ich die Katzen hier im Café. Aber die sind gar nicht so gesellig, wie im Allgemeinen angenommen wird. Katzen brauchen ihre Ruhe. Sie kamen mit den Gästen nicht zurecht. Jetzt wohnen sie draußen im Geräteschuppen. So wie früher. Ich glaube, da fühlen sie sich wohler. Sie können kommen und gehen, wie sie wollen und haben ihre Ruhe.«

»Und die Meerschweinchen?«

»Die wohnen hier im Haus. Ich liebe nämlich Tiere. Und da habe ich mir gedacht, es wäre doch toll, ein Café, in dem die Leute nicht nur Kaffee und Kuchen bekommen, sondern auch mit niedlichen Tierchen schmusen und spielen können. Aber die Katzen mochten das nicht. Sie wurden regelrecht zickig, das können Sie sich gar nicht vorstellen. Und jetzt habe ich die Meerschweinchen. Leider werden die gar nicht richtig zahm und machen überall hin. Naja, die kleinen Ködel sind kein Problem, ganz winzig und hart und trocken. Die kann man bequem auffegen. So, ich werde mal nach dem Kaffee sehen.«

Sie stand auf und ging. Horst sah nachdenklich zu dem alten Bauernschrank, unter dem misstrauisch ein fetter Nager hervorlugte.

»Ich hatte mir nämlich gedacht, das sei eine gute Geschäftsidee.« Die Frau stellte eine Tasse vor ihm auf das Spitzendeckchen und setzte sich. »Also habe ich das Schild gemalt und vor die Tür gehängt. Aber die Miezen wollten ja nicht. Da habe ich es mit den Meerschweinchen versucht. Aber die sind einfach zu schüchtern die lieben Kleinen.«

»Ach, das Schild draußen, das haben Sie gemalt?«

»Ja, das war ich. Ist so schlecht nicht geworden, denke ich. Geholfen hat es nicht. Erst sind ein paar Leute gekommen, aber nachdem die Miezen …«

»Das Bild ist Ihnen gut gelungen. Das Tierchen sieht wirklich lebendig aus.«

»Finden Sie? Nun ja, das sollte es auch. Jedenfalls hat es weder mit den Kätzchen noch mit den Meerschweinchen geklappt. Die stellen sich einfach zu dusselig an. Vielleicht versuche ich es auch mit Hühnern. Was glauben Sie? Sind es gesellige Tiere?«

»Ich habe selten so nette Wesen erlebt wie meine Hennen.«

»Dann sollte ich es wirklich mal ausprobieren. Ein paar gefiederte Freunde! Das ist doch eine schöne Idee. Ich werde gleich ein neues Schild malen: ›Uschis Hühnercafé‹. Na, wie finden Sie das?«

»Da kann ich Ihnen nur dringend von abraten. Das sind zwar ausgesprochen freundliche Tiere und sehr gesellig. Aber leider machen die nicht nur so praktische kleine Ködel wie die Meerschweinchen. Die machen richtig eklige Flatschen. Da können Sie gar nicht gegen anputzen.«

»Ach, glauben Sie?«

»Das weiß ich.«

Horst nahm den letzten Schluck aus der Kaffeetasse. »Ich muss jetzt auch weiter, habe einen langen Weg vor mir.«

»Was sagten Sie noch mal? Wo wollen Sie hin?«

»Bis ans Nordkap«, antwortete er stolz. »Das sind mehrere tausend Kilometer.«

»Auf dem Ding da draußen? Mit den Hühnern?«

»Ja.«

»Da müssen Sie sich aber auch nördlich halten.«

Horst errötete.

»Kehren Sie um und fahren Sie in die Richtung, aus der Sie gekommen sind. Sonst kommen Sie bis an die Alpen oder an den Südpol, aber nicht ans Nordkap.«Eine halbe Stunde später saß er auf dem Flammenmofa und knatterte in die angewiesene Richtung zurück. Wie hatte das passieren können? Das war nun wirklich peinlich. Vielleicht hätte er sich doch eine Karte besorgen sollen. Nein, jetzt erst recht nicht. Das musste er so schaffen. Mit Landkarte wäre die ganze Reise irgendwie sinnlos, fand er. Horst lächelte. Seine Frau hätte ihn wahrscheinlich für diesen Fehler ausgelacht. Aber auf eine liebe Weise. Eben wie ein Huhn.

Claudia

Sarah fuhr mit dem Bus nach Hause. Da setzte sich ein junger Mann neben sie. Er hatte schwarze Haare und eine dunkle Hautfarbe. Dennis hätte sich über den mächtig aufgeregt. Sie lächelte ihn freundlich an. »Hi, ich bin die Sarah.« Er nickte kurz. Bevor er antworten konnte, tippte sie auf ihre Brust. »Ich, Sarah!« Sie zeigte mit dem Finger auf ihn. »Du, wer?«

»Du kannst ruhig ganz normal mit mir reden. Mein Name ist Salih.«

Sie war hingerissen. Was für ein süßer Akzent!

Als Horst am Wartehäuschen vorbeikam, in dem gestern noch die alte Dame gesessen und den scheußlichen Pfefferminztee getrunken hatte, drosselte er kurz die Geschwindigkeit, um ihr fröhlich zuzuwinken. Heute war sie jedoch nicht da, also gab er Vollgas und knatterte die Dorfstraße entlang. Abends baute er sein Lager an der gleichen Wiese wie am Abend zuvor auf. Die Nacht war angenehmer als die vorherige. Helene Fischer und Renate durften erneut bei Horst im Zelt schlafen, allerdings ließ er sie diesmal in den Transportkisten. In dieser Nacht zeigten die Hennen keinerlei Anzeichen von Unruhe. »Seht ihr, meine Damen, man kann sich durchaus an das Vagabundenleben gewöhnen, nicht wahr?« Am Morgen ließ er sie etwas herumlaufen und nach Hühnerart im Gras scharren. Horst ärgerte sich darüber, dass er auch heute kein Wasser für seinen Kaffee hatte. Daran, sich rechtzeitig mit Trinkwasser zu bevorraten, hatte er nicht gedacht. So machte er sich, ohne einen Schluck Kaffee gehabt zu haben, auf den langen Weg zum Nordkap. Und diesmal fuhr er in die richtige Richtung.

Gegen halb zehn hielt er an einer Tankstelle, zapfte Benzin, füllte Zweitaktmotorenöl nach und schlenderte zum Kassenhäuschen. Im Verkaufsraum gab es eine kleine Sitzecke, in der die Gäste etwas essen und trinken konnten. Eine junge Frau stand auf, als Horst kam, und warf ihren Pappbecher in den Mülleimer. Sie rief dem Kassierer freundlich »Auf

Wiedersehen« zu und ging. Gegenüber der Sitzecke standen ein Regal mit Zeitungen und eines mit Warndreiecken, Motorölen und verschiedenem Auto-Zubehör. Im unteren Fach befanden sich gelbe Benzinkanister mit grünen Schraubverschlüssen. Horst nahm vier Stück, zwei davon klemmte er unter die Arme und erklärte dem Tankwart: »Ich nehme mir vier Kanister. Ich bezahle die gleich. Mit dem Benzin zusammen.« Mit der sperrigen Last ging er zur Zapfsäule und füllte einen nach dem anderen. Er hatte keine Lust mehr, dauernd Tankstellen anzufahren, um den winzigen Mofatank zu füllen. Und wer konnte schon wissen, wie häufig er in der skandinavischen Einsamkeit dazu Gelegenheit haben würde. Den Kraftstoffvorrat verstaute er im Anhänger und sagte zu Helene Fischer und Renate: »Bis gleich, meine Lieben, ich werde mal da drinnen einen Kaffee trinken und dann geht's weiter.«

Im Kassenhäuschen nahm Horst einen weiteren Kanister aus dem Regal.

»Und das ist Nummer Fünf.« Er stellte ihn auf den Tresen. »Würden Sie mir da Trinkwasser einfüllen?«

»Leitungswasser?«

»Ja bitte.«

Der Mann verschwand in einem Nebenraum und kam kurz darauf mit dem vollen Behälter zurück. In der rechten Hand hielt er einen Stift hoch und fragte: »Soll ich den Kanister kennzeichnen? Nicht, dass Sie ihn mit den anderen verwechseln.«

»Gerne, sehr freundlich.«

Der Tankwart malte ein X auf den Schraubverschluss. Horst ließ sich einen Becher Kaffee und ein Brötchen geben und setzte sich.

»Herr Schneider? Sind Sie das?«

Er hatte gerade in das Brötchen gebissen und konnte nicht antworten. Also nickte er und sah die junge Frau freundlich an.

»Sie kamen mir gleich bekannt vor. Darf ich mich setzen?«

Horst nickte kauend und bot mit einer Geste den freien Platz an.

»Ich habe das Mofa gesehen. Mit den Flammen auf dem Tank.« Sie setzte sich zu Horst auf die Bank. »Wie geht es Mark?«

Endlich hatte er den Bissen gekaut und konnte ihn runterschlucken.

»Entschuldigen Sie«, meinte er, »ich kann Sie gar nicht einordnen. Sie kennen meinen Sohn?«

»Ja natürlich, ich bin die Claudia. Ich ging mit Mark in eine Klasse. Ein paar Mal habe ich ihn bei Ihnen besucht. Erinnern Sie sich?«

»Aber ja doch«, log Horst verlegen. Er ahnte nicht, dass vor ihm das junge Mädchen stand, das jahrelang bis über beide Ohren in Mark verliebt gewesen war. »So ein Zufall. Ich habe Sie gar nicht erkannt.«

»Wir alle beneideten ihren Sohn damals um sein Mofa. Unglaublich, dass es noch fährt. Was macht Mark denn heute? Wie geht es ihm?«

»Ausgezeichnet. Er lebt in Berlin und entwickelt Computerprogramme.«

»Sieh an, wer hätte das gedacht? Und Sie, Herr Schneider? Sie fahren jetzt mit dem Mofa durch die Gegend?«

»Ja, ich bin auf Reisen mit dem alten Ding.«

»Tatsächlich?« Claudia strahlte ihn an. »Das ist ja toll. Wohin wollen Sie denn?«

»Ans Nordkap.«

»Auf dem Mofa?«

»Ja.«

»Und mit den Hühnern?«

»Ja, ich möchte ihnen die Polarlichter zeigen.«

Sie lächelte ihn an. Horst erwiderte das Schmunzeln. Claudia fing an zu kichern, als habe Horst einen Scherz gemacht. »Mit dem Flammenmofa ans Nordkap?«

Horst zuckte mit den Schultern. »Ja, und mit den Hühnern!« Er lachte kurz auf und fragte: »Was ist daran so komisch?«

»Ach, nichts.«

Sarah und Salih im fernen Schwerin lachten auch. Seit sie sich im Bus kennengelernt hatten, hatten sie sich öfters gesehen. An diesem Morgen hatten sie sich zum Frühstücken getroffen und Sarah hatte irgendetwas über Kamele gesagt, was Salih lustig fand. Zuerst hatte er nur gegrinst.

»Was ist?«, fragte sie ihn. Da fing er an zu kichern. »Was denn?« Das Glucksen ging in Gelächter über. »Du bist selber ein Kamel«, sagte sie ihm und lachte mit. Da konnten sich beide kaum noch halten. Sie prusteten und gackerten und hielten sich mit Tränen in den Augen die Bäuche.

Horst und Claudia verließen das Kassenhäuschen. »Auf Wiedersehen und gute Reise!«, verabschiedete sich Claudia freundlich und ging zum Auto. Horst wollte sich gerade auf das Mofa setzen und losfahren, da rief sie ihm zu: »Herr Schneider, Sie mögen nicht zufällig Pfefferminztee, oder?«

Seine Nackenhaare stellten sich auf.

»Ich könnte Ihren Reiseproviant etwas aufbessern.«

Er ging zu ihr. »Was?«, fragte er.

»Die Freundin der Nachbarin meiner Tante hat mir einen Karton mit mindestens 1.000 Beuteln Pfefferminztee geschenkt. Wenn Sie mögen, kann ich Ihnen die Hälfte abgeben.«

Horst dachte: »Das wären immer noch 500 zu viel.«

Claudia öffnete den Kofferraum. »Die Dame hat mir den Kasten in die Hand gedrückt und ist in den Bus gestiegen. Sie sagte, Sie wolle endlich leben und fahre deswegen zum Tanztee in die Stadt.« Claudia zeigte auf einen Karton. »Soviel kann ich ja in meinem ganzen Leben nicht trinken.«

»Hm, naja, sehr freundlich von Ihnen, aber ich bin da nicht für.«

»Schade.«

Nun standen beide verlegen nebeneinander und wussten nichts mehr zu reden.

»Sie haben ja einen Schafspelz«, stellte Horst fest, nur um etwas zu sagen, und zeigte auf ein weißes Fell im Kofferraum.

»Oh nein, das ist kein Schaf. Das ist ein Eisbärenfell.«

»Tatsächlich? Ist das echt?«

»Ja, äh, nein, gewissermaßen schon«, stammelte Claudia. »Das ist eine lange Geschichte.«

»Wunderbar, ich liebe lange Geschichten. Erzählen Sie.«

»Na, wenn Sie meinen, Herr Schneider. Aber vielleicht sollten wir wieder reingehen und uns hinsetzen.«

Horst rief den Hühnern zu: »Ihr müsst euch etwas gedulden. Wir haben noch was zu besprechen.«

Dann gingen die beiden hinein und Claudia erzählte Horst die Sache mit dem Eisbärenfell.

Eisbärenfell

»Mein Opa«, fing Claudia an, »ist ein wunderbarer Mensch. Und beinah 100 Jahre alt. Im Kopf ist er topfit, das sage ich Ihnen. Natürlich sieht er nicht mehr gut und hört nur noch auf einem Ohr. Er sagt immer mal wieder zu mir ›Hauptsache oben und unten ist alles dicht, der Rest ist egal.‹

Schon als Kind habe ich ihn oft besucht. Das war wirklich toll. Er hatte jedes Mal eine neue Geschichte für mich. Er erzählte mir von seiner Jugend oder dachte sich einfach irgendwas aus. Manchmal waren die Geschichten spannend, manchmal lustig, aber niemals langweilig. Als er jünger war, viel jünger, da ist er gerne auf die Jagd gegangen. Opa liebt die Natur. Und die Tiere. Als er noch besser hörte, konnte er jede Vogelstimme erkennen. Es brauchte bloß irgendwo etwas zu zwitschern, dann ging es los.«

Claudia hob belehrend den Zeigefinger und verstellte ihre Stimme: »Das war ein Buchfink, mein Kind, ein Fringilla coelebs, ein wunderbarer Singvogel mit einer Körperlänge von 14 bis 18 Zentimetern. Männchen und Weibchen haben einen weißen Schulterfleck und eine dazu passende Flügelbinde, sehr hübsch. Der Schnabel ist beim Männchen im Frühjahr stahlblau, ansonsten eher bräunlich. Beim Weibchen ist er ganzjährig hellbraun. Einer meiner liebsten Singvögel.«

Claudia legte eine kurze, nachdenkliche Pause ein.

»Und doch war er ein leidenschaftlicher Jäger. Das habe ich nie verstehen können. Wie konnte er auf die Jagd gehen, wenn er Tiere doch so liebte? Eines Tages hat er mir erzählt, wie gern er mal auf Eisbärenjagd gegangen wäre. Ist das nicht sonderbar? Er hat mir vorgeschwärmt, wie fantastisch es sein müsste, einem so stolzen Wesen gegenüberzustehen, die Flinte anzulegen und es abzuknallen. Wenn er das noch erleben könnte, das würde sein Leben perfekt machen. Er hat immer wieder davon angefangen. Und je älter er wurde, desto schlimmer wurde es. Viele Jahre später habe ich – fragen Sie mich bitte nicht, wie ich dazu kam – da habe ich vorgeschlagen, für ihn auf Eisbärenjagd zu gehen. Stellvertretend sozusagen, um den Traum für ihn zu erfüllen. Ich wollte ihn einfach nochmal glücklich sehen. Und, ehrlich gesagt, glaubte ich, dass es sowieso niemals dazu kommen würde. Immerhin war er schon weit über 90 und einen Eisbären trifft man ja nicht alle Tage.

Als ich ihm versprach, für ihn auf die große Jagd zu gehen, strahlte er und schien mir so glücklich zu sein wie nie zuvor. Mir wurde schlagartig klar, dass ich mein Wort halten musste. Es war ein Gelübde, eine heilige Pflicht.

Ich drückte mich noch ein paar Monate herum. Bemühte mich, es zu vergessen. Doch bei jedem Besuch fragte er, ob ich schon begonnen hätte, die Expedition vorzubereiten. Er wusste genau, dass ich die Sache durchziehen würde, sobald die Zeit gekommen war. Er schien gar keinen Zweifel daran zu haben. Er vertraute mir.

Schließlich besorgte ich die notwendigen Papiere, um nach Kanada zu reisen. Ich versuchte auch, eine Abschusserlaubnis für einen Eisbären zu bekommen. Das kam mir irgendwie doch sehr unwirklich, sehr skurril vor. Immerhin bin ich eine überzeugte Vegetarierin. Jedenfalls werden solche Genehmigungen gar nicht mehr ausgestellt. Nur noch in absoluten Ausnahmefällen. Das finde ich richtig und wichtig, aber was hätte ich tun sollen? Bei jedem Besuch redete mein Opa freudig davon, wie sehr ich die Jagd genießen würde, wie schön es für ihn wäre, das Fell in den Händen zu halten, wie stolz er auf mich sein würde. Und ich hatte ein Versprechen, einen Eid abgelegt. Schließlich bin ich nach Kanada gereist. Ich wollte vor Ort sehen, ob sich nicht eine Möglichkeit ergeben würde, vielleicht ein altes oder krankes Tier …

Für einen Haufen Geld war ein ziemlich zwielichtiger Kerl bereit, mich auf eine illegale Jagd zu führen. Er war ein erfahrener Wilderer, der schon einige schießwütige, stinkreiche Idioten dazu verholfen hatte, Eisbären zu ermorden.

An einem sonnigen Morgen sind wir auf Schneemobilen aufgebrochen. Stundenlang fuhren wir durch diese einmalige Landschaft.

Kanada ist wunderbar. Waren Sie schon dort? Ein fantastisches Land. Endlose Wälder, beeindruckende Natur, einfach überwältigend. Wenn ich nicht so eine widerliche Type dabeigehabt hätte, wäre es ein großartiges Erlebnis gewesen. Wir unternahmen mehrere Fahrten, die der Lump sich gut bezahlen ließ. Aber Geld war gar kein Problem. Opa ist nicht gerade arm und hatte mir ein Vermögen zur Verfügung gestellt.

Und eines Tages haben wir tatsächlich einen Eisbären gesichtet. Ein herrliches Tier. Es war wirklich imposant. So ein kraftvolles und doch anmutiges Wesen, so majestätisch. Das lässt sich gar nicht in Worte fassen. Als mein Führer mir ein Zeichen gab, wusste ich, dass wir nah genug waren. Ich legte das Gewehr an. Durch das Zielfernrohr erkannte ich jedes Schnurrhaar. Und die Augen! Ich habe dem König aller Tiere in die Augen gesehen! Da konnte ich doch nicht einfach schießen.

Wir sind also umgekehrt. Mein Jagdführer meckerte die ganze Fahrt über. Ich glaube, er hat befürchtet, ich würde ihn nicht anständig bezahlen. Er bekam natürlich das vereinbarte Geld. Es war ja nicht sein Fehler gewesen.

Aber ich hatte jetzt ein Problem. Was sollte nun aus Opas Traum werden?«

Da Claudia nun schwieg, meldete sich Horst wieder zu Wort: »Ich finde, Sie haben ganz richtig gehandelt. Der Eisbär hat Glück gehabt, dass ausgerechnet sie ihn erschießen wollten. Freuen Sie sich darüber. Ihr Großvater wird das auch so sehen, wenn Sie es ihm erklären.«

»Das glaube ich kaum. Er ist unglaublich stur.«

»Aber eines verstehe ich dabei nicht. Was ist das für ein Fell in Ihrem Auto?«

»Das ist nicht echt. Pure Synthetik. Habe es aus einem Kaufhaus.«

»Ach.«

»Opa sieht ja nicht mehr so gut. Und ich kann ja nicht mit leeren Händen zu ihm.«

»Nein, das wohl nicht. Erzählen Sie ihm von der Reise. Und von der Begegnung mit dem König aller Tiere.«

Kurz darauf fuhr Horst wieder mit dem Mofa über die Landstraße. Der Großvater dieser jungen Frau hatte Glück gehabt mit seiner Claudia. Renate hatte sich immer Enkel gewünscht. Es wäre schön gewesen, wenn sie heute dabei gewesen wäre, wenn sie sich die Geschichte vom Eisbärenfell hätte anhören können. Er vermisste sie.

In der nächsten Ortschaft hielt er vor einem Friedhof an, ging in den Blumenladen auf der gegenüberliegenden Straßenseite und kaufte einen schönen Strauß. Mit gelben und mit roten Blüten. Gedankenverloren schlich er über den frisch geharkten Kiesweg, ließ den Blick über Marmorkreuze und Steinengel schweifen. Vor einem fremden Grab blieb er stehen. Er hatte keine Ahnung, was es für ein Mensch gewesen war, der hier die letzte Ruhe gefunden hatte. Es war ihm auch egal. Heute, in diesem Moment, war es Renates Grab. Einmal, vor langer Zeit, hatte sie Horst gefragt, ob es am Nordkap auch Eisbären gäbe. Er hatte es nicht gewusst. »Ich werde nachsehen, meine Liebe, ich werde nachsehen.« Ergriffen legte er die Blumen nieder.

7.521 Kilometer weiter südöstlich wurden ebenfalls bunte Blütengaben niedergelegt. Feierlich und andächtig huldigten Klosterschüler dem großen Lhakpa. Hier, im staubigen Straßengraben, hatte vor wenigen Tagen der große Meister, der Weiseste aller Weisen, der Gütigste aller Gütigen seinen letzten Atemzug getan, nachdem er von einem Hühnerlaster überrollt worden war.

Alle Kamele heißen Mark

Mark Schneider versuchte immer und immer wieder seinen Vater anzurufen. Doch er erreichte ihn nicht.

»Dann fahr eben hin und sieh nach dem Rechten«, riet Alex ihm.

»Klar, ich düse 400 Kilometer durch die Landschaft, nur damit er mir die Tür nicht öffnet.«

Natürlich fuhr er schließlich doch. An einem späten Mittwochnachmittag rollte sein Wagen in Schrittgeschwindigkeit die Einfahrt hoch. Vor dem gutsortierten Motor, der noch immer auf der Plane rostete, hielt er an. Inzwischen wuchsen kleine Pflänzchen auf und zwischen den Einzelteilen.

Mark stieg aus dem Auto und sah sich die Unordnung an. Ein Schafsack lag zerlöchert und halb vermodert vor der Garage neben dem Autowrack. Die Tür zur Werkstatt stand sperrangelweit auf. So konnte er sehen, dass sie durchwühlt worden war. Der alte Grill war umgeworfen, uralte Holzkohle- und Aschereste lagen herum. Was für ein Saustall! Er wandte seinen Blick ab, sah in den Garten. Überall wucherte Unkraut, sogar im Freigehege der Hühner. Das Haus sah verlassen aus. Aus dem Briefkasten quollen alte Zeitungen und Werbeblätter, hinter den trüben Fensterscheiben erkannte er vertrocknete Blumen, die schon vor langer Zeit die letzten Blätter verloren hatten. Er hätte sich viel früher melden sollen. Verdammt, das sah übel aus. Zweimal schlich er um das Gebäude, bevor er an die Hintertür klopfte. »Papa?!« Da Mark keine Antwort erhielt, zog er den losen Backstein aus der untersten der drei Treppenstufen und holte den Schlüssel heraus. Der lag schon seit seiner Kindheit dort. Für alle Fälle. Im Flur schlug ihm ein etwas muffiger Geruch entgegen. »Papa?!« Zögernd strich er durch die Räume. In einem so unordentlichen und verwahrlosten Zustand hatte er das Haus nie zuvor gesehen. Er tappte die Treppe hinauf, schaute in das elterliche Schlafzimmer. Das Bett war abgezogen. Nicht nur die linke Seite, auf der immer Mutter gelegen hatte, sondern auch auf der Seite des Vaters fanden sich weder Decke noch Laken. Mark ging rüber in das Kinderzimmer. Hier war alles wie früher. Hier herrschte noch Ordnung. Etwas eingestaubt war es zwar, aber sonst tadellos. Er legte sich auf das Bett und sah auf das Bild mit dem Kamel, dass Mama ihm vor vielen Jahren geschenkt hatte. Als er sie fragte, welchen Namen das ulkige Vieh habe, antwortete sie: »Es heißt Mark. So heißen alle Kamele. Wusstest du das denn nicht?« und sie hatte dabei liebevoll und fröhlich gelacht. Fast war ihm so, als könne er sie heute wieder hören. Mark schloss die Augen und lauschte dem Lachen seiner Mutter.

»Mark, du Trampeltier! Komm da sofort raus!«

Horst öffnete die Augen und sah einem Kamel direkt ins Gesicht.

»Kannst du nicht hören, du dämliches Vieh! Raus da!«

Die Hühner gackerten aufgeregt. Das Kamel sah Horst freundlich an und zog seinen Kopf in aller Ruhe aus dem Zelt.

»Hallo! Ist da wer zu Hause?« Jemand klopfte auf der Zeltplane herum. »Sie können rauskommen. Das Biest ist zwar dumm wie trocken Brot, tut aber keiner Fliege was zuleide.«

Horst krabbelte aus dem Zelt und wurde von einem kleinen, dicken Mann mit einem mächtigen Walrossschnurrbart erwartet. Neben ihm graste das Kamel.

»Ich hoffe, Mark hat Sie nicht erschreckt. Der ist doof, aber harmlos.«

Horst sah sich um. Als er am Abend zuvor das Zelt aufgestellt hatte, war es schon dunkel gewesen. Erst jetzt bemerkte er, dass er hier nicht als Einziger sein Nachtlager aufgeschlagen hatte. Ein paar Schritte weiter stand ein alter Trecker und ein buntbemalter Zirkuswagen.

»Was Sie dort sehen, ist der traurige Rest von dem wunderbaren, sensationellen Zirkus Santa Rosa! Sie werden es kaum glauben: Wir gehörten einmal zur Weltspitzenklasse!« Etwas ruhiger fuhr er fort: »Und ich bin der Direktor von dem ganzen Elend. Große Attraktionen kann ich Ihnen leider nicht bieten, aber wie wäre es mit einer schönen Tasse Kaffee?«

»Sehr gerne!«

»Nun, dann folgen Sie mir zu meiner bescheidenen Unterkunft. Wir Ritter der Landstraße müssen zusammenhalten, nicht wahr?«

»Ich lasse nur eben die Hühner raus.«

Helene Fischer und Renate liefen hocherfreut auf die Wiese und gingen ihren Geschäften nach.

»Die gäben bestimmt ein feines Süppchen ab.« Der Zirkusdirektor bekam einen gierigen Blick und strich sich durch den Bart.

»Die beiden kann man nicht essen, das sind meine Freunde«, stellte Horst klar, ohne weiter darüber nachzudenken.

Kurz darauf saßen die Männer auf wackeligen Klappstühlen vor dem Zirkuswagen, schürften ihren Kaffee und sahen den Hühnern und dem Kamel dabei zu, wie sie über die Wiese stolzierten.

»Mark ist ein ungewöhnlicher Name für ein Kamel.«

»Ja, da haben Sie wohl recht. Eigentlich heißt es auch Marquise de la Sowieso. Irgendwann wurde es von allen nur noch Marquise genannt. Das ist aber eine viel zu hochtrabende Bezeichnung für das blöde Vieh. Also nenne ich es einfach Mark.«

»Sie scheinen das Tier nicht besonders zu mögen.«

»Selten ein so dummes Wesen gesehen. Habe versucht, ihm ein paar Kunststücke beizubringen. Es war zwecklos. Vielleicht hätte es den Zirkus gerettet, wenn das Vieh nur irgendetwas begreifen könnte.«

»Tja, kann man wohl nichts machen«, stellte Horst fachmännisch fest. »Wenn so ein Tier nicht will, dann will es eben nicht.«

»Wollen Sie es kaufen?«

»Wie bitte?«

»Ob Sie es kaufen wollen? Es ist ein feines Tier. Immer freundlich. Und gar nicht teuer.«

»Was soll ich denn mit einem Kamel anfangen?«

Der Direktor streichelte nachdenklich seinen Bart.

»Vielleicht ein gutes arabisches Gulasch. Eigentlich ist das Vieh zu alt, um geschlachtet zu werden. Vermutlich ist es zäh wie Leder, das muss ich wohl zugeben. Aber wenn Sie es gut durchkochen ... – Ich kann Ihnen ein Rezept geben.«

»Nein danke.«

»Wieso nicht? Sie wissen ja gar nicht, was Ihnen entgeht. So ein arabisches Gulasch, das ist wirklich delikat, wenn es gut gemacht ist. Oder sind Sie womöglich Vegetarier?«

»Nein, das nicht.« Horst überlegte einen Moment. »Generell habe ich nichts dagegen, Tiere zu essen – aber wenn sie Namen haben …«

»Dann bringen Sie ihm ein paar Kunststücke bei. Sie könnten eine Menge Geld verdienen mit dem Vieh.«

»Sagten Sie nicht, man könne ihm nichts beibringen?«

»Ach was, mit ein bisschen Geduld kriegen Sie das schon hin. Also machen Sie mir ein Angebot!«

»Ich möchte Ihr Kamel nicht kaufen.«

»Schade. Wirklich sehr schade. Wahrscheinlich werden Sie das eines Tages bedauern. Eine solche Gelegenheit wird so schnell nicht wiederkommen.«

Die beiden Männer schwiegen. Mark hob den Kopf und sah zu ihnen rüber.

»Es hat schöne Augen.«

»Ja«, seufzte der Direktor. »Die hat es wohl.«

»Würden Sie das Tier denn wirklich schlachten wollen?«

»Nee, natürlich nicht. Sie haben schon recht. Wenn man einem Geschöpf erst einmal einen Namen gegeben hat …«

Horst schaute zum Kamel. Es erwiderte den Blick und beinahe schien es so, als würde Mark ihm dezent lächelnd zublinzeln.

»Ich glaube, das Tier ist gar nicht so dämlich. Ich glaube, es ist ebenso nett und freundlich wie meine Hühner. Und auf eine besondere Weise auch klug.«

»Ja, da mögen Sie recht haben.«

Damit war das Gespräch beendet. Die beiden saßen eine Weile schweigend nebeneinander, bis Horst schließlich aufstand und sagte: »Ich muss jetzt weiter. Ich will heute noch nach Travemünde auf die Fähre. Vielen Dank für den Kaffee.« Er sperrte die Hühner ein, packte sein Zeug zusammen und klopfte Mark zum Abschied den Hals. »Seien Sie nett zu ihm«, bat er den Zirkusdirektor. »Das ist ein ganz feiner Bursche.« Er setzte sich auf das Mofa und fuhr los.

Als Mark die Augen öffnete, sah er direkt auf das Bild mit dem Kamel. Er massierte kurz seinen Nacken und murmelte: »Mann, was habe ich bloß für einen Mist geträumt.« Schlecht gelaunt und unausgeschlafen ging er nach unten in die Küche. Frühstücken wollte er hier nicht. Stattdessen räumte er den Tisch frei und holte ein Blatt Papier aus dem Schrank im Büro. »Lieber Vater«, schrieb er, strich dann »Vater« durch und setzte »Papa« darüber. »Bitte melde dich bei mir. Ich mache mir große Sorgen. Ruf mich an. Dein Mark.« Sicherheitshalber kritzelte er noch die Telefonnummer dazu und verließ das Haus. Zu Fuß wollte er die nähere Gegend absuchen. An der Straße traf er eine Nachbarin. »Guten Morgen, Frau Kramer, wissen Sie, wo mein Vater stecken könnte.«

»Nee, mein Junge, den habe ich lange nicht mehr gesehen.«

Er wollte gerade weitergehen, da fuhr sie fort: »Du warst ja auch schon ewig nicht mehr hier, nicht wahr? Kannst wohl nicht so oft kommen?«

»Nein, leider.«

»Ich glaube, er ist einsam, der arme alte Mann. Seit deine Mutter nicht mehr lebt, kommt er nicht zurecht. Er braucht jemanden.«

»Ja, Frau Kramer.«

»Wie schade, dass du so selten kommen kannst.«

Mark konnte deutlich den Vorwurf in ihrer Stimme hören.

»Ja, Frau Kramer, auf Wiedersehen.«

Eilig ging er weiter.

»Er lässt alles verkommen, er kommt einfach nicht mehr zurecht …«, plapperte sie hinter ihm her.

Das fliegende Klo

Für die Überfahrt von Travemünde bis nach Trelleborg brauchte die Fähre die ganze Nacht. Horst hatte wunderbar bequem in der Kabine geschlafen. Während des Anlegemanövers prüfte er sorgfältig, ob die Kisten mit Helene Fischer und Renate fest auf dem Hänger verzurrt waren, und setzte sich auf sein Mofa. Ein Mitarbeiter der Fährgesellschaft gab ihm ein Zeichen, woraufhin er den Motor knatternd startete und vorsichtig über die Rampe von der Fähre rollte. Nachdem er das Hafengebiet verlassen hatte, orientierte er sich an den Wegweisern und hielt sich in Richtung Stockholm. Er musste einfach stramm auf Norden zuhalten, dann würde er zwangsläufig irgendwann ans Ziel kommen. Und Stockholm, das wusste Horst auch ohne Landkarte, lag nördlich. Die Schilder führten ihn direkt auf die Autobahn. Es war ihm klar, dass er diese mit dem Mofa gar nicht befahren durfte. Es war gefährlich mit knapp zwanzig Stundenkilometern zwischen all den modernen, schnellen Autos und den großen LKW über die Autobahn zu tuckern. Und verboten war es auch. Aber was hätte er sonst tun sollen? Er musste doch den Wegweisern nach Stockholm folgen. Später, weiter im Landesinneren, wenn der Stadtverkehr ihn nicht mehr so verwirrte, konnte er auf kleinere Straßen wechseln. Horst hatte immer geglaubt, Schweden sei ein dünnbesiedeltes Land, voller Einsamkeit, endloser Wälder, großer Seen und wunderbarer, unberührter Natur. Doch zahllose Autos rasten in einem irren Tempo ohne Unterlass an ihm vorbei. Oft wurde er angehupt. Also zog er es vor, auf dem Standstreifen weiterzufahren.

Kurz vor Malmö neigte sich das Benzin dem Ende zu. Er folgte einem Schild mit dem Symbol einer Zapfsäule zu einer Tankstelle. Dort zeigte er dem Kassierer seine Banknoten, denn er hatte vor dem Aufbruch in der Eile nicht daran gedacht, sich schwedisches Geld zu besorgen. Der Mann an der Kasse schüttelte heftig den Kopf und palaverte in der fremden Sprache. Daraus schloss Horst, dass der Tankwart nicht bereit war, ihn für sein Geld tanken zu lassen. Er ließ sich jedoch nicht von dem ewigen »No Euro!« abwimmeln, hielt ihm immer wieder das Geld unter die Nase und quasselte, was das Zeug hielt. Natürlich verstand der Schwede ihn nicht, aber schließlich gab er genervt auf und nickte seufzend. Horst füllte Tank und Vorratskanister, zahlte und knatterte davon. Er würde sich wohl eine Bank suchen und dort sein Geld umtauschen müssen. Er hatte keine Lust jedes Mal beim Tanken ein solches Theater zu erleben. Und er hatte auch keine Lust, auf die Autobahn zurückzukehren. Von nun an wollte er sich an kleinere Landstraßen halten. Das fand er viel gemütlicher und über kurz oder lang käme er so wahrscheinlich genauso schnell ans Ziel.

Horst holperte über Schotterwege in ungefähr die gleiche Richtung, in die auch die Autobahn führte. Am Abend suchte er sich ein gemütliches Plätzchen, baute sein Zelt auf und ließ Helene Fischer und Renate aus den Kisten. Die liefen aufgeregt hin und her, pickten und schabten auf dem Boden herum. Horst machte inzwischen ein Lagerfeuer an und wärmte eine Dose Hühnersuppe auf. In der Nacht holte er die Kisten der Hühner wieder ins Zelt, ließ sie aber unverschlossen. Bald kamen Helene Fischer und Renate heraus und kuschelten sich an Horst, der bereits schnarchte. Als er morgens aufwachte, begrüßte er die Zwei und reckte die steifen Knochen. Etwas schwerfällig kroch er aus dem Zelt, pinkelte gegen einen Baum und kochte sich einen Kaffee. Dazu aß er stehend ein Butterbrot. Anschließend packte er sein Zeug zusammen, sperrte die Hühner in die Kisten und knatterte los. Nach knapp zwei Stunden sehnte er sich jedoch nach einem richtigen Frühstück. So bald wie möglich wollte er ein Café aufsuchen und ausgiebig pausieren. Je weiter er fuhr, umso größer wurde sein Hunger und sein Kaffeedurst. Und seine Laune wurde immer schlechter. Gab es denn in diesem komischen Land keine Cafés?

Vor einer Hofeinfahrt, neben der ein Plumpsklo stand und merkwürdig deplatziert wirkte, sah er einen älteren Mann auf einer Bank sitzen. Horst stoppte das Flammenmofa. Vielleicht konnte er den Herrn nach einem Café in der Nähe fragen. Als Horst vom Sitz stieg, den Helm absetzte und den Mann genauer ansah, bemerkte er, dass sie beide ungefähr im gleichen Alter waren. Horst selbst war eben auch nicht mehr der Jüngste.

»Hej«, begrüßte er den Fremden auf Schwedisch, denn soviel hatte er schon gelernt.

Der Mann auf der Bank erwiderte den Gruß und plapperte gleich los. Horst verstand natürlich kein Wort und zuckte nur ratlos mit den Schultern.

Nach einer Weile merkte der Schwede offensichtlich, dass er ins Leere sprach. Er sah Horst an und runzelte die Stirn. Nach einem kurzen Zögern reichte er ihm die Hand und stellte sich vor: »Emil Bengtsson«.

»Horst Schneider.«

Da plapperte der alte Schwede wieder los. Er erzählte Horst davon, wie ein mächtiger Sturm durch das Land gefegt war, als er noch ein kleiner Junge war. Wie er im Plumpsklo durch die Luft gewirbelt und ihm furchtbar übel wurde, bevor der Sturm ihn und das Klohäuschen beinahe sanft am anderen Ende des Hofes wieder abgestellt hatte. Und er erzählte von dem endlosen Streit zwischen seinen Eltern, ob sie sich über Gottes Willen hinwegsetzen sollten oder nicht. Und all das bloß, weil der liebe Gott das Toilettenhäuschen direkt neben der Hofeinfahrt stehen haben wollte.

Bengtsson redete und redete und erzählte die gleiche Geschichte, die er schon seit über 50 Jahren jedem erzählte, der nicht schnell genug fortlief. Horst lächelte, nickte und verstand kein Wort. Und das war schade, denn ihm hätte die Geschichte gefallen. Schließlich unterbrach er den eifrigen Redner und fragte: »Café?« Dabei griff er mit Daumen und Zeigefinger eine imaginäre Tasse, führte sie zum Mund und machte ein schlürfendes Geräusch. Emil unterbrach seinen Redefluss und fragte zurück: »Kaffee?« Horst nickte erfreut. »Si si, Amigo, Kaffee!« Warum er jetzt spanische Sprachfetzen einstreute, wusste er nicht. Er wusste nicht einmal, dass es spanisch war. Jedenfalls lachte Emil freundlich, stand auf und ging durch das Tor am Plumpsklo vorbei zum Haus. Dabei forderte er Horst durch Gesten auf, ihm zu folgen. Er hatte noch viel zu erzählen, das konnte er ebenso gut bei frisch gebrühtem Kaffee und Gebäck tun.

Nachdem die beiden eine Kanne leergetrunken und einen beachtlichen Berg von Zimtschnecken verdrückt hatten, holte Emil eine Flasche mit selbst angesetztem Obstler aus dem Schrank. »Es ist doch noch früh am Morgen«, merkte Horst an. Emil lachte, nickte und füllte die Gläser. Und erzählte seine Geschichte.

Mittags stand Emil auf und hantierte am Herd herum. Er wärmte das Mittagessen vom Vortag auf. Es gab einen herzhaften Auflauf mit Kartoffeln und kleinen Fischen. Emil konnte Horst klarmachen, dass das Gericht ›Janssons Frestelse‹ hieß, und erzählte ihm, während er die Gläser wieder füllte, die Sache mit dem fliegenden Plumpsklo. Nach etlichen Gläsern löste sich auch die Zunge von Horst. Er redete über seine Frau Renate und von den Hühnern. Von seiner Reise bis hierher und davon, wie er weiter bis zum Nordkap wollte, um sozusagen stellvertretend den letzten Wunsch seiner Frau zu erfüllen. Emil hörte ihm zu, nickte und berichtete wiederum davon, wie in seiner Kindheit ein Wirbelsturm über Südschweden gerast war …

Die beiden Männer erzählten sich ihre Geschichten immer wieder aufs Neue, und obwohl sie sich nicht verstanden, wurde es ein schöner Tag. Am Nachmittag fiel Horst ein, dass Helene Fischer und Renate noch immer in ihren Kisten saßen. Er wankte nach draußen, um die Hühner herumlaufen zu lassen.

Am Abend baute Horst sein Zelt im Garten auf und ging mit den Hühnern zu Bett. In den frühen Morgenstunden wachte er davon auf, dass sein Kopf sich anfühlte, als habe ein Geschoss seinen Schädel zerschmettert und das Gehirn zermatscht. Er war völlig verkatert. Um die Hühner nicht zu wecken, pellte Horst sich ganz sachte und vorsichtig aus dem Schlafsack. Dabei fand er zwei frische Eier. Ausgerechnet in dieser Nacht hatten Helene Fischer und Renate sich daran erinnert, was ihre ureigenste Aufgabe war. Stöhnend kroch Horst aus dem Zelt und wankte, bleich wie ein Gespenst, in die Küche. Emil schlief wohl noch. Horst setzte Eierwasser auf den Herd und einen Kessel, um frischen Kaffee aufzubrühen. Emil würde sicherlich nichts dagegen haben, wenn er das Frühstück vorbereitete.

Bald saßen die beiden Herren am Frühstückstisch. Emil hatte prächtige Laune und erzählte seinem Gast davon, wie in seiner Kindheit ein mächtiger Wirbelsturm über Südschweden hinweggebraust war. Horst verstand kein Wort, hörte aber freundlich zu. Es ging ihm viel besser, nachdem er etwas in den Bauch bekommen hatte. Als Emil jedoch wieder eine Flasche hervorholte, lehnte er entschieden ab. Etwas enttäuscht stellte Emil die Flasche wieder in den Schrank und erzählte seine Geschichte.

Es war schon beinahe Mittag, als Horst das Gefühl hatte, es sei an der Zeit aufzubrechen. Er gab Emil lächelnd die Hand, ging nach draußen, baute das Zelt ab und lud sein Zeug auf den Hänger. Ganz oben auf dem Gepäck verschnürte er die beiden Kisten mit den Hühnern. Emil sah zu und ging ihm gelegentlich zur Hand. Bevor Horst sich auf das Mofa setzte, fragte er Emil, wie er denn von hier aus am besten ans Nordkap käme. »Nordkap«, wiederholte dieser und daraus schloss Horst, dass er seine Frage verstanden habe. Emil gestikulierte mit den Armen, zeigte zur Straße und dann nach rechts und nach links und plapperte dabei. Diesmal erzählte er nicht die Geschichte vom fliegenden Klo. Horst versuchte die Gesten zu übersetzen und sprach mit. »Rechts, links, geradeaus, weiter, weiter, ganz lange geradeaus …«, schließlich wurde es ihm zu kompliziert und er fasste zusammen: »Also, da lang und immer weiter geradeaus?« Emil lachte, nickte und rief begeistert: »Ja!«

Horst war der Meinung, noch eindeutiger ginge es ja wohl kaum. Er war also auf dem richtigen Wege. Die beiden Männer verabschiedeten sich voneinander, Horst stieg auf das flambierte Mofa und knatterte davon.

Bombenbauer und Killerkaninchen

Oskar Andersson hatte mehr Glück gehabt als Renate Schneider. Den Ärzten im Karolinska Krankenhaus war es gelungen, einen fiesen Tumor restlos zu entfernen. Die bösartige Wucherung wurde in den Krankenhaussondermüll geworfen und vernichtet. Nun stand Oskar einsam am Fenster und schaute hinaus in den Nieselregen. Er wartete auf das Glücksgefühl, dass sich doch einstellen müsste. Er war am Leben geblieben. Bald würde alles wieder so sein, als sei er niemals krank gewesen. Er konnte genau so weitermachen wie bisher. Bloß war er nicht sicher, ob er das überhaupt wollte. Wozu sollte er sich weiter um die Geschäfte kümmern? Egal wie viel Geld er machte, schon morgen oder übermorgen könnte ein neuer Krebs an ihm nagen. Oder er würde im Flieger abstürzen oder ihm fiele ein Ziegelstein auf den Kopf oder weiß-der-Teufel-was. Auch wenn es den Ärzten gelungen war, ihm den Tod aus dem Körper zu schnippeln, das Dasein war vergänglich wie ein Furz im Wind. Oskar sah in den Krankenhauspark hinunter und musste zugeben, dass er das Leben bislang nicht besonders sinnvoll genutzt hatte. Er hatte einen Haufen Geld gemacht, ein Wirtschaftsimperium aufgebaut. Das schon – aber ansonsten? Er war ein großes Licht in der Rüstungsindustrie, ein echter Bombenbauer. Die besten Panzer und Raketenwerfer waren von seinen Ingenieuren entwickelt, in seinen Werken gefertigt worden. Überwiegend in der sogenannten Dritten Welt. Das passte ganz gut, denn dort lebten auch die meisten seiner Kunden. Er hatte durch das Bombenbauen so unglaublich viel Geld verdient, dass er sich den Hintern mit 1.000-Dollarnoten abwischen könnte. Doch dazu hatte er keine Lust. Nun stand er am Krankenhausfenster und sah hinaus in den Nieselregen.

Was das Wetter anging, hatte Hühnerhorst mehr Glück als Oskar Anderson. Er fuhr bei Sommersonnenschein auf dem Flammenmofa durch Småland. Dabei hielt er sich überwiegend an den Verlauf der E4.

Aber bei Ljungby verlor er die Hauptverkehrsstraße aus den Augen. Also reiste er nach Gefühl weiter und das funktionierte ganz gut. Er blieb auf nördlichem Kurs. Der Verkehr war bei weitem nicht so stark, wie auf der Autobahn zwischen Trelleborg und Malmö. Stundenlang fuhr er durch dunkle, einsame Wälder, in denen bemooste Felsbrocken herumlagen. Horst konnte sich gut vorstellen, dass dort tatsächlich Trolle, Zwerge und alles Mögliche an zauberhaften Wesen wohnten. Hin und wieder blitzten zwischen den Bäumen Seen in malerischem Blau auf. Zusätzlich wurden die Wälder von hellen, freundlichen Lichtungen unterbrochen, die mit niedlichen rot oder gelb bemalten Holzhäuschen garniert waren. Horst erinnerte sich an Pippi Langstrumpf. Vor vielen Jahren hatte er gerne zugehört, wenn Renate Mark diese Geschichten vorgelesen hatte. Er summte das Pippi-Langstrumpf-Lied und genoss die Fahrt durch den schwedischen Sommer. Abends kampierte er am liebsten an einem der zahlreichen Badeseen. So konnte er noch vor dem Morgenkaffee schwimmen gehen.

Nach einigen Tagen stoppte er in Vetlanda. Er schlenderte über den kleinen Markt und kaufte ein paar Tomaten, eine Gurke und einen Käse für das Abendessen. Als er zum Mofa zurückkam, stand vor dem Anhänger eine Fremde und musterte das hochaufgetürmte und sicher verschnürte Gepäck. Auf dem Kopf trug sie eine schwarze Lockenpracht, eine regelrechte Mähne. »Hej«, begrüßte Horst sie und stopfte die Tüte mit den Einkäufen in den Hänger. Die Frau erwiderte den Gruß und stellte ihm freundlich lächelnd eine Frage auf Schwedisch.

»Tut mir leid. Ich verstehe kein Wort.« Er zuckte mit den Schultern.

»Ich habe Sie gefragt, wohin Sie noch mit dem Gefährt wollen.«

»Ach, Sie sprechen aber gut Deutsch.«

»Na, das ist auch kein Wunder. Ich komme von dort.«

»Dann machen Sie hier Urlaub?«

»Nein, ich wohne hier ganz in der Nähe. Wohin sind Sie unterwegs? Ihre Zugmaschine sieht ja abenteuerlich aus.«

»Ich fahre an das Nordkap.«

»So weit? Mit dem Ding da?«

»Ja.«

Die Fremde ging prüfend um das Mofa und dem Hänger herum, auf dem die Hühner in ihren Kisten thronten. »Wow! Das ist ja eine tolle Expedition. Sie trauen sich aber was.« Skeptisch runzelte sie die Stirn und sah auf das Bündel, aus dem die altmodischen, angelaufenen Zeltstangen ragten. »Das Zelt ist wohl ein älteres Modell, nicht wahr?« Horst überlegte. Mark hatte es gekauft, als er 15 oder 16 war. Er überschlug im Kopf die vergangene Zeit. »Es ist so an die 25 Jahre alt. Und ich glaube, es war damals schon nicht ganz neu.«

»Na, dann wünsche ich Ihnen eine gute Fahrt.«

Horst bedankte sich, setzte den Helm auf und fuhr los. Kurz darauf knatterte er wieder über die Landstraße durch die waldige Landschaft. Er wollte bald nach einem schönen Zeltplatz Ausschau halten. Da krachte es im Motor. Nach dem Knall klang es so, als würde das Flammenmofa husten. Es spuckte und röchelte, bevor es seufzend verstummte und langsam ausrollte. Als er versuchte, das Mofa neu zu starten, stotterte es nur und machte ein paar röchelnde Geräusche. »So ein Mist!« Horst kratzte sich ratlos am Kopf. Was sollte er denn jetzt tun? Er hatte doch keine Ahnung von Motoren. Zögernd holte er die Werkzeugtasche hervor. Einmal, vor vielen Jahren, hatte er ein kaputtes Radio auseinandergebaut und wieder zusammengesetzt. Und aus Gründen, die er nicht erklären konnte, funktionierte es anschließend. Beim Rasenmäher hatte er mit dieser Methode ebenfalls Erfolg gehabt. »Man muss sich einfach trauen, dann wird schon was bei rauskommen«, sprach er sich selbst Mut zu und baute den Motor Stück für Stück auseinander. »Es wird schon gehen, irgendwie.« Bald hatte er alle Einzelteile ordentlich aufgereiht. Nachdenklich sah er auf den gut sortierten Motor und fuhr sich mit den öligen Fingern durch das Haar. All die einzelnen Teile würde er wahrscheinlich niemals wieder zusammenkriegen. Neben ihm hielt ein roter Kastenwagen. Die Frau vom Marktplatz fragte durch das offene Fenster: »Gibt es Probleme? Kann ich helfen?«

»Tja.« Horst sah auf das zerlegte Mofa. »Wie es aussieht, habe ich einen kleinen Maschinenschaden.«

Sie luden die Einzelteile und den Anhänger mit dem Gepäck in den Wagen. Die Kiste mit Renate quetschten sie auch noch in den Laderaum. Den Transportkasten mit Helene Fischer musste Horst auf den Schoß nehmen. »Was für ein Glück, dass Sie so ein geräumiges Auto haben«, stellte er fest, als sie zurück in das Dorf fuhren, in dem die Frau wohnte.

Bald saßen sie in der Küche eines gelben Hauses und schlürften gemütlich Kaffee. Die Deutsche, sie hatte sich ihm als Antje vorgestellt, hatte ihn eingeladen, dort zu übernachten. »Sie können unter dem Dach schlafen. Da haben wir ein kleines Gästezimmer.« Arne, ihr Mann, baute das Mofa wieder zusammen. Horst konnte ihn fluchen hören. »Oh verflucht! Ich könnte kotzen!« Und »Uaah! Du Drecksteil!«

»Das meint er nicht so.«, erklärte Antje. »Eigentlich mag er es, an Maschinen herumzuschrauben.«

»Ich würde gerne die beiden Hennen aus den Kisten lassen.«

»Kein Problem, wir haben einen Freilauf im Garten. Für das Kaninchen. Da können sie sich bewegen, ohne dass sie auf der Straße unter die Räder geraten.«

Sie holten die Transportkisten und trugen sie zu einer kleinen eingezäunten Fläche.

»Sie werden sich ja wohl mir dem Kaninchen vertragen, hoffe ich.«

»Bestimmt. Die Hühner sind ganz friedlich.«

Helene Fischer und Renate wirkten hocherfreut, als sie endlich aus den engen Kisten herauskamen. Nahezu begeistert liefen sie hin und her, schabten im Dreck und gurrten fröhlich.

»Wo ist denn das Kaninchen, von dem Sie geredet haben?«

Antje zeigte ihm ein kleines Loch, das unter dem Drahtgeflecht gewühlt war und erklärte: »Es ist eher ein freilaufendes Haustier. Andauernd bricht es aus. Und zwar so geschickt und hartnäckig, dass wir irgendwann aufgegeben haben, ständig die Löcher zu stopfen. Inzwischen fangen wir es gar nicht mehr ein. Abends kommt es ganz von alleine wieder zurück. Manchmal jedenfalls.«

»Ja, aber die Straße? Und Füchse gibt es doch hier bestimmt auch.«

»Wissen Sie, Horst, wir wären gar nicht so unglücklich, wenn es ... Es ist nicht gerade ein umgängliches Tier.«

»Es ist ein verdammtes Killerkaninchen!«, rief Arne rüber. »Hoffentlich wird das Mistvieh bald platt gefahren!«

»Ach was, so schlimm ist es gar nicht.«, erklärte Antje. »Man darf ihm nur nicht zu nahe kommen. Also nicht streicheln oder so. Es ist eben bissig, weiter nichts.«

Beim gemeinsamen Abendessen stellte Arne ganz ohne zu fluchen fest: »So, dein Mofa läuft wieder.« Dann sagte er so komische Sachen wie: »Den Krümmer hat's zerrissen. ... Kurbelwelle ... Zylinderbruch.«

Horst nickte dazu und meinte: »Aha ... soso ... naja ...«

Arne lachte und ging rüber in das Wohnzimmer, um ein Fußballspiel im Fernsehen zu gucken. Im Türrahmen drehte er sich nochmal um. »Eine vernünftige Anhängerkupplung habe ich dir auch angebaut. Das mit dem Draht war einfach Mist. Wenn du einmal scharf gebremst hättest, hätte dich die Deichsel aufgespießt.«

»Danke.«

Doch Arne war schon verschwunden.

Horst blieb sitzen, sah durch das Fenster hinaus zum Freilaufgehege und sorgte sich um die Hühner. Da draußen schlich ein Killerkaninchen herum. Helene Fischer und Renate ruhten sich ahnungslos im Revier eines gefährlichen Nagers aus. Antje berichtete begeistert von Zelttouren, die sie mit dem Rad unternommen hatte, erzählte ihm von den besten Routen, die von Vetlanda aus in den Norden führten, plapperte von verschiedenen Zelt- und Fahrradtypen. Offensichtlich war dieses Thema ihre große Leidenschaft. Horst konnte ihr jedoch gar nicht richtig folgen. Zu sehr musste er über die Gefahr grübeln, der seine Reisegefährtinnen ausgesetzt waren. Einer tödlichen Gefahr, die in der harmlosen Gestalt eines Kaninchens herumschlich und möglicherweise schon Witterung aufgenommen hatte. Am Gespräch beteiligte Horst sich nur, indem er hin und wieder »Hm, naja« oder »soso« murmelte. Er bemerkte gar nicht, dass seine Gastgeberin das Thema gewechselt hatte. Inzwischen redete sie mit leuchtenden Augen darüber, dass die ganze Welt verbessert werden könnte, wenn die gesellschaftlichen Strukturen von Grund auf erneuert würden, wenn jeder Mensch sich seiner ureigensten, sozialen Instinkte bewusst wäre. Wenn die alten Herrschaftssysteme durch ein menschliches Miteinander abgelöst würden. Doch Horst waren die Probleme der Menschheit im Moment ziemlich egal. Er dachte nur an das Killerkaninchen und murmelte: »Hm, naja.« Schließlich wurde Antje das Gespräch zu einseitig. »So, ich gehe jetzt schlafen. Gute Nacht.«

»Aha, soso«, meinte Horst und sah durch das Küchenfenster nach draußen. Als er ihr ebenfalls eine gute Nacht wünschte, war sie bereits verschwunden. Horst blieb in der Küche sitzen und starrte in die Nacht hinaus. Das Killerkaninchen ging ihm nicht aus dem Sinn. Die Hennen waren in Gefahr, konnten im Schlaf von einem gefährlichen Biest angefallen werden. Endlich stand er auf, tappte nach draußen und baute im Garten das Zelt auf. Kein Bett der Welt konnte so bequem sein, dass es sich lohnte, dafür die Leben von Helene Fischer und Renate aufs Spiel zu setzen. Er holte die beiden zu sich. Jetzt waren sie in Sicherheit. In Sicherheit vor dem gefährlichen Nager.

Kunstgalerie

Antje und Arne winkten Horst zum Abschied, als er mit dem schwer beladenen Hänger auf die Straße rumpelte. Da schoss aus dem Gebüsch ein weißes Kaninchen hervor und biss Arne von hinten in die Wade. Das Opfer dieser sehr schmerzhaften Beißattacke schickte dem aggressiven Biest eine Salve an schwedischen Beschimpfungen hinterher. Das plüschige Hoppelhäschen zeigte sich unbeeindruckt. Es wich den Tritten aus, flüchtete und frühstückte in aller Ruhe etwas Löwenzahn. Es hatte den komischen Zweibeinern mal wieder gezeigt, wem dieses Revier gehörte und wer zu bestimmen hatte, ob und wann sich der langohrige König in seinen Bau zurückzog.

Zur gleichen Zeit machte sich Mark aus Berlin wieder auf den Weg zu seinem Elternhaus. Alle paar Tage fuhr er in das Dorf und wartete darauf, dass sein Vater endlich auftauchte. Was natürlich nicht passierte. Um diesen langen Fahrten einen Sinn zu geben, hatte er das heruntergekommene Haus aufgeräumt und geputzt. Sogar der Garten sah wieder anständig aus. Er hatte die herumliegenden Schrottteile eingesammelt, Unkraut gejätet und das Dach des Hühnerstalls repariert, obwohl der Stall ja gar nicht mehr genutzt wurde.

Heute saß Alex, sein Mann, neben ihm. »Schön, dass du mitkommst.« Mark strich liebevoll über sein Bein. Als sich der Verkehr staute, beschlossen sie, die Autobahn zu verlassen und die letzten siebzig Kilometer über Land zu fahren. In einer winzigen Ortschaft entdeckte Alex ein Schild am Straßenrand. »Halt mal an«, bat er Mark, »ich glaube, da ist ein Café.«

»Ja, eine kleine Pause könnte ich jetzt auch vertragen.«

Er setzte das Auto zurück. ›Katzencafé‹ stand dort in rosa Buchstaben. Unter dem Schriftzug war ein niedliches Kätzchen gemalt, das mit einem Wollknäuel spielte. Alex lachte albern. »Wie niedlich, da müssen wir hin.«

Er machte sich mit Vorliebe über alles lustig, was er für kitschig hielt. Die beiden stiegen aus dem Auto, gingen auf das Haus zu und blieben plötzlich stehen.

»Ist das ein Kamel?« Alex zeigte überrascht auf das riesige Tier im Vorgarten.

Mark antwortete nicht. Er klappte nur den Mund auf und wieder zu.

»Haben Sie keine Angst.« Ein kleiner dicker Mann mit einem riesigen Walrossbart begrüßte die Gäste. »Das Vieh hat wenig Verstand, aber ein großes Herz. Mark tut keiner Fliege was zuleide. Sie können das Tier ruhig streicheln.«

Alex gackerte albern: »Das Kamel heißt Mark?«

Der ehemalige Zirkusdirektor nickte ernst, während der menschliche Mark dem tierischen den Hals klopfte. »Das ist aber ein schöner Name«, japste Alex und versuchte sich zu beruhigen. Der Zirkusdirektor sah den albernen Besucher an und brummelte: »Eigentlich heißt es: Marquis de la Sowieso. Aber ich nenne es meistens bloß Mark.«

»Wir wollen in das Katzencafé. Ist das hier?«, lenkte einer der beiden Marks vom Thema ab.

»Da kommen Sie leider zu spät.« Der Direktor zog bedauernd die Schultern hoch. »Meine liebe Uschi hat das Café aufgegeben. Jetzt stellt sie in den Räumlichkeiten ihre wunderbaren Bilder aus. Schauen Sie sich ruhig um, vielleicht gefällt Ihnen ja das eine oder andere Gemälde.«

Da sie ja nun schon mal da waren, beschlossen Mark und Alex sich die Kunstgalerie anzuschauen.

»Vorzüglich, vielleicht möchten Sie ja eines der Werke kaufen. Sie werden begeistert sein, folgen Sie mir.«

Im Haus trafen sie auf die Künstlerin. »Nennen Sie mich ruhig Ursula«, bot sie den Besuchern an. »Und schauen Sie sich in aller Ruhe um.« Das ehemalige Katzencafé war gänzlich umgestaltet. Die Tische mit den Häkeldeckchen und all die Porzellankätzchen waren verschwunden. Stattdessen hingen an allen Wänden Bilder.

»Uschi-Schatz.« Der Direktor drückte seiner Liebsten ungeniert einen feuchten Kuss auf die Wange. »Du musst unbedingt ein neues Schild für die Straße malen. Die Leute denken sonst, hier gäbe es noch das Café.« Er nickte den Besuchern lächelnd zu und verließ das Haus.

Mark und Alex sahen die Bilder an. Hauptsächlich waren Kätzchen mit Schleifchen auf ihnen abgebildet. Die Künstlerin plapperte auf die beiden ein: »Wissen Sie, das mit dem Café hat nicht funktioniert. Dabei war es ein tolles Konzept. Ich wollte meinen Gästen mehr als Kaffee und Kuchen bieten. Sie sollten die Möglichkeit haben, meine niedlichen Kätzchen kennenzulernen. Aber das ist leider schiefgegangen.«

»Woran hat es denn gelegen?«, erkundigte sich Mark höflich.

»An den Kätzchen. Sie glauben ja nicht, wie zickig so niedliche Wesen sein können. Sie wollten einfach nicht. Auch Meerschweinchen waren für meine Geschäftsidee ungeeignet. Die waren einfach zu schüchtern, wissen Sie?«

»Verstehe.«

»Ich wollte es ja noch mit Hühnern probieren, doch ein Herr, der sich mit Geflügel auskennt, hat mir davon abgeraten.«

»Und da haben Sie sich stattdessen ein Kamel besorgt?«

»Ja, genau«, mischte sich Alex ein und fing wieder an zu lachen. »Ein Kamel namens Mark.«

»Nun krieg dich mal wieder ein, du Blödmann!«

»Ach, entschuldige.« Um seine Heiterkeit zu unterdrücken, konzentrierte Alex sich nun auf die Katzenbilder. Die fand er jedoch so lachhaft kitschig, dass er sich die Hand vor den Mund hielt und prustend das Haus verließ. Die Künstlerin sah ihm verwundert hinterher.

»Was ist denn mit Ihrem Freund?«

»Nichts weiter. Der spinnt nur ein bisschen. Also, wie war das mit den Hühnern?«

»Nichts war damit. Mir wurde davon abgeraten, ein Kuschelcafé mit ihnen einzurichten. Da habe ich es gelassen. Und als ich so überlegte, wie es weitergehen könnte, was ich mit dem Café anfangen sollte, da klingelte es an der Tür und ein stattlicher Herr trat in mein Leben. Er bat mich um einen Eimer Wasser für sein Kamel. Es war Liebe auf den ersten Blick. Kein Wunder bei einer so eindrucksvollen Erscheinung, nicht wahr?

Dieser welterfahrene Globetrotter hat gleich erkannt, wo meine wahre Berufung liegt. Auf sein Anraten hin habe ich die Kunstgalerie eröffnet. Und das Ergebnis sehen Sie hier.« Sie machte eine ausschweifende Armbewegung. »Das entspricht besser meiner eigentlichen Begabung. Die liegt eher im künstlerischen Bereich als im geschäftlichen, wissen Sie? Aber warten Sie, gewissermaßen habe ich mir doch ein Huhn ins Haus geholt.«

Die Malerin trat zu einem Stapel ungerahmter Bilder, der an der Wand lehnte, blätterte ihn durch, zog schließlich ein Gemälde hervor und zeigte es Mark.

Der konnte nun eine braune Henne mit einer goldenen Schleife auf dem Kopf bewundern. Sie thronte auf einem Nest, in dem bunte Eier lagen. Auf der Eierpracht tummelten sich goldgelbe Kükenbabys.

»Ich kann nicht nur Kätzchen malen. Dieses Hühnerbild wird Teil meiner großen Osterausstellung sein.« Ihr Blick schweifte ab und wurde abwesend. »Und ich trage noch eine Vision in mir. Ich sehe ein weißes Osterhäschen. Es sitzt auf einer Wiese und knabbert Löwenzahn.«

»Wunderbar!« Mark lächelte höflich.

»Ja, das ist es, nicht wahr? Komischerweise hat das niedliche Tierchen rote Flecken im Gesicht. Die sehen aus wie Erdbeermarmelade. Oder wie Blut.«

»Wunderbar«, wiederholte Mark hilflos.

»Naja, was soll's? Die Flecken lasse ich einfach weg. Stattdessen kriegt das Häschen eine rote Schleife auf den Kopf.«

»Das waren ja merkwürdige Figuren«, stellte Alex fest, als sie wieder im Auto saßen.

»Na, das sagt ja der Richtige. Meine Güte, du warst fürchterlich albern. Das war echt peinlich.«

Alex kicherte. »Albern war die Künstlerin. Ich habe selten so grausame Bilder gesehen. Kitsch-Core hoch zehn!«

Mark guckte mit finsterer Miene wortlos auf die Straße vor sich.

»Und das Kamel!« Alex fing wieder an zu gackern. »Dein Namensvetter.«

Mark antwortete nicht. Alex sah ihn von der Seite an und versuchte, ernst zu werden. Er drehte sich weg, atmete tief durch und sah konzentriert aus dem Fenster.

»Aber das hat ja nichts mit dir zu tun.« Alex wischte sich heimlich eine Lachträne aus dem Augenwinkel. »Das Tier hätte ja auch Paul oder sonst wie heißen können.«

»Alles hat mit allem zu tun«, murmelte Mark, ohne zu wissen, woher diese vermeintliche Weisheit herhatte.

Sie fuhren an einer Seniorenresidenz vorbei. Auf der Terrasse saß ein alter Mann im Rollstuhl und sah dem Auto von Mark hinterher. Auf seinen Knien lag ein weißes Fell. Er kraulte gedankenverloren die synthetischen Fasern und dachte an seine Enkeltochter. »Ob Claudia wirklich glaubt, ich würde auf ihren kleinen Schwindel reinfallen?« Er lächelte. »Lieb von ihr, mir das Fell zu besorgen. Ich will mal so tun, als sei es echt.«

Etwa zur gleichen Zeit traf sich in einem Vorort von Stockholm eine Grundschullehrerin mit einem alten Chinesen. Li Jian war ein Vetter dritten Grades von Li Cai, jenes Fernfahrers, der im Suff den weisen Lhakpa überfahren hatte, ohne es zu bemerken. Seit vielen Jahren spielte Amalia mit Li Jian auf dem Vorplatz einer kleinen Kirche Boule. Das war jedenfalls das, was die Lehrerin tat. Was ihr Gegner da spielte, wusste sie nicht genau. Er warf, wie sie, die Kugeln möglichst nah an das kleine Ziel heran. Wenn jedoch die Wurfkugeln nach dem Ausrollen eine bestimmte Konstellation zeigten, konnte es passieren, dass Li schon vor Beginn der zweiten Runde jubelnd die Arme hochriss und sich aufführte, als habe er haushoch gewonnen. Scheinbar war es dabei bedeutungslos, wessen Kugel dichter an dem Zielkügelchen lag.

Erkannte die Lehrerin rechtzeitig, dass ihr der Sieg zustand, kam sie ihm zuvor und rief eilig: »Hurra! Gewonnen!« Doch lag seine Kugel dichter an der Cochonnet als ihre, reichte sie ihm respektvoll die Hand und gratulierte ihm. Mal schien er darüber irritiert und mal erfreut zu sein. Oft erklärte Li auch Amalia zur Gewinnerin und verbeugte sich höflich lächelnd vor ihr, obwohl sie eindeutig und zweifelsfrei verloren hatte. In den ersten Jahren war es darüber gelegentlich zu Diskussionen zwischen den beiden gekommen. Die hatten jedoch zu keinen verwertbaren Ergebnissen geführt, denn Amalia sprach ebenso wenig Chinesisch wie Li Schwedisch. So hatten sich die zwei Spieler einfach angewöhnt, die Siege ebenso wie die Niederlagen zu akzeptieren. Daran änderte sich auch nichts, als sie anfingen, um kleine Geldbeträge zu spielen.

Wenn es kalt war oder regnete, gingen sie in das Café und spielten dort Mühle. Da waren die Regeln für beide eindeutig.

Harald

Salih war Sarah so nah und vertraut, wie Dennis es niemals gewesen war. Im Grunde fühlte sie sich mit ihm eher durch eine ganz besondere Liebe als nur durch bloße Freundschaft verbunden. Sie bewunderte ihn und sah zu ihm auf. Salih war so unheimlich klug und dabei auch noch ein witziger Kerl. Immer hatte er einen Scherz parat. Er brachte sie oft zum Lachen. Und das, obwohl er in seiner Heimat und auf der Flucht so schlimme Dinge erlebt hatte. Über die Vergangenheit, über die Familie und den Schmerz redete er selten. Eigentlich nie. Doch manchmal sah er sie mit traurigen Augen an. Da wurde ihr jedes Mal bewusst, dass er direkt aus der Hölle gekommen sein musste. Was hatte Dennis bloß gegen Leute wie Salih haben können? Wie konnte er auf Menschen schimpfen, die aus Not und Verzweiflung auf gefährlichen Wegen die Heimat verlassen hatten, die einfach auf Schutz und Hilfe angewiesen waren. Sarah war froh, dass Salih ihr die Augen geöffnet hatte. Sie begleitete ihn nun regelmäßig ins Flüchtlingsheim, wo sie ehrenamtlich aushalf. Sie sortierte und verteilte Kleiderspenden und spielte Mensch-ärgere-dich-nicht mit den Kindern, die auf diese Weise etwas Deutsch lernen konnten.

Doch wenden wir uns Harald Lundberg zu.

Harald war traurig. So traurig, wie ein Mensch es nur sein konnte. Er hatte mit seiner Frau Ingela in einem kleinen roten Häuschen ein paar Kilometer nördlich von Stockholm gewohnt. Ein Leben lang hatte er als Gabelstaplerfahrer in einem Sägewerk gearbeitet. Abends, wenn er den Bock verließ, radelte er auf einem klapprigen Fahrrad nach Hause zu seiner lieben Ingela. Und als er in Rente ging, freute er sich darauf, jede Stunde mit ihr zu verbringen. Leider währte die Freude nur kurz, denn seine Frau starb ihm einfach weg. Da saß er nun. Allein mit den zwei Hennen, die Ingela im Garten gehalten hatte. Oft spielte er mit dem Gedanken, seinem Leben ebenfalls ein Ende zu setzen. Doch was wäre dann aus den beiden Hühnern geworden? Ingela hätte ihm nie verzeihen können, wenn er sie im Stich ließe. Also blieb er am Leben, versorgte die gefiederten Lieblinge seiner Frau und ließ die langen, leeren Tage vorüberschleichen. Schwermütig erinnerte er sich an die Zeiten, in denen er glücklich gewesen war. Da hatte er entweder Ingela an der Seite gehabt, oder er hatte auf dem Bock gesessen. Kurzentschlossen fuhr er mit dem Fahrrad zum Sägewerk und kaufte dem ehemaligen Chef seinen Gabelstapler ab. Auf dem hatte er so viele schöne Jahre verbracht. Der Chef rieb sich gierig die Hände und freute sich heimlich über den unverschämt hohen Preis, den er für die alte Schrottkiste bekommen hatte.

In der nächsten Zeit tuckerte Harald oft stundenlang durch die nähere Umgebung und konnte den Kummer wenigstens zeitweilig verdrängen. Doch spätestens, wenn er wieder nach Hause kam, kehrte die Trauer mit voller Kraft zurück. Eines Tages erinnerte er sich daran, dass Ingela ihm ständig in den Ohren gelegen hatte, sie wolle mal nach Venedig reisen. Sie hatten die gemeinsamen Urlaube immer nur auf der Ostseeinsel Öland verbracht. Harald konnte nie einsehen, was er in Italien sollte. Alle anderen Schweden fuhren auch jedes Jahr nach Öland. So war es schon immer gewesen. Doch jetzt war der Moment gekommen, eine längere Reise anzutreten. Schade bloß, dass es für Ingela zu spät war. Dennoch wollte er ihr endlich den Wunsch erfüllen, den Traum sozusagen stellvertretend leben. Beinahe hätte er sich gleich auf sein Fahrrad gesetzt, wäre direkt zum Bahnhof und mit dem Zug nach Stockholm gefahren. Von dort hätte er das nächste Flugzeug nach Venedig genommen. Doch ihm fiel ein, dass es schwierig werden könnte, die Hühner in den Flieger zu bekommen. Also beschloss er, mit dem Gabelstapler zu fahren. Und zwar die ganze Strecke. Bis nach Venedig. Genügend Zeit hatte er. Und die Tiere konnte er schlecht allein zurücklassen.

An einem Freitagmorgen setzte er sich auf den Bock und fuhr los. Alles, was er unterwegs brauchte, hatte er in eine große Kiste gepackt und auf die Gabel genommen. Obenauf saßen die beiden Glucken in den Transportboxen. »Da staunt ihr aber, nicht wahr? Wir machen eine lange Reise, jetzt bekommt ihr endlich was von der Welt zu sehen.« Den Hühnern schien es zu gefallen und Haralds Stimmung wurde auch immer besser. Kilometer für Kilometer bewegte sich das Trio in Richtung Süden. Da er nun viel mit den Hennen sprach, fand er, dass es an der Zeit sei, ihnen richtige Namen zu geben. »Hiermit taufe ich dich«, brüllte er durch den Motorenlärm dem etwas helleren Tier zu, »auf den Namen Ingela!« Das hätte seiner Frau gefallen. Über den Namen der anderen Glucke musste er länger nachdenken. »Und du heißt jetzt Agnetha Fältskog!« Seine Gattin war ein großer Fan der Popband Abba gewesen, also fand Harald es angemessen, das Huhn nach der Sängerin zu benennen.

Mit jedem Tag, den er auf dem Gabelstapler verbrachte, war er ein bisschen weniger traurig. Immer öfter konnte er mit den gefiederten Reisegefährtinnen herzhaft lachen. Abends suchte er sich gern einen Zeltplatz an einem Badesee. Da konnte er schon vor dem Morgenkaffee eine Runde im kalten Wasser schwimmen. Die Hennen liefen derweil am Ufer aufgeregt hin und her. Manchmal versuchte er, sie ins Wasser zu locken. Doch er konnte keine von beiden überzeugen, ebenfalls ein Bad zu nehmen.

Harald besorgte in einem Supermarkt ein paar Dosen Bier, Würstchen und einen Grill. Am Abend wollte er es sich mal so richtig gemütlich machen. Als er jedoch nach einem wunderbaren Sonnentag den nächsten Badesee ansteuerte, musste er feststellen, dass der Platz schon besetzt war. Verärgert schaute er zum kleinen Zelt, das direkt am See stand. Er hatte den ganzen Tag auf dem Bock gesessen, und wie sehr er auch die Fahrt genoss, irgendwann reichte es, irgendwann war es an der Zeit, die Füße hochzulegen und den Feierabend zu genießen. Stirnrunzelnd sah er zu dem Mofa, das dort an einen Fahrradanhänger gelehnt stand. Es war schwarz lackiert und auf den Tank waren Flammen gemalt. Offensichtlich gehörte es einem Halbstarken der Dorfjugend. Das war nicht gerade die Gesellschaft, die er sich zum Abend wünschte.

Als Horst aus dem Wasser stieg, war er überrascht, neben seinem Zelt einen Gabelstapler zu sehen. Er nahm das Handtuch, das er zuvor auf den hölzernen Badesteg gelegt hatte, schlang es um seine Hüfte und ging auf den Fremden zu. »Guten Abend«, grüßte er und schob ein freundliches »Hej« hinterher.

Als Helene Fischer und Renate Horst kommen sahen, kamen sie laut gackernd aus dem Gebüsch hervor. Dort hatten sie sich nämlich versteckt, als der Gabelstapler sie erschreckte.

Harald sah, wie freudig zwei Hühner den nackten, nassen Mann begrüßten, und ihm wurde klar: Das war kein Halbstarker.

»Hej«, grüßte er ebenfalls. »Mitt namn är Harald.«

Horst tippte sich auf die Brust und verriet, wie er hieß. Sicherheitshalber merkte er noch an: »Und ich verstehe kein Wort schwedisch.«

Harald senkte die Gabel herab und öffnete eine Transportbox. »Agneta Fältskog«, stellte er das Huhn vor. »Och Ingela.« Er ließ die zweite Henne aus der Kiste.

Die Vögel gackerten aufgeregt, liefen umeinander herum und waren ganz aus dem Häuschen. »Das ist Helene Fischer!«, rief Horst durch das Gegacker. »Und diese Hübsche heißt Renate.«

Harald holte zwei Büchsen Bier aus dem Gepäck. Die Männer stießen mit den Dosen an. Horst tippte mit dem Zeigefinger auf seine Brust und erklärte: »Nordkap.« Harald verstand sofort, was er meinte und antwortete seinerseits, indem er auf sich selber zeigte und »Venedig« sagte. »Ah, bella Italia«, lachte Horst. Harald nickte grinsend. Da nun die Basisinformationen ausgetauscht waren, setzten sich die beiden Männer auf einen Felsbrocken, tranken Bier und sahen den Hühnern zu. Bald darauf heizten sie den Grill an. Nachdem die Würstchen gegessen waren, warfen sie ein paar trockene Holzscheite auf die Glut. Horst fuhr mit dem Mofa in das Dorf, um weiteres Bier zu holen und Harald stellte in der Zwischenzeit sein Zelt auf. Sie saßen noch lange gemeinsam am See. Das Knistern des Feuers wurde nur vom Klatschen unterbrochen, wenn einer von ihnen wieder eine Mücke erwischt hatte.

Am nächsten Morgen nahmen sie ein gemeinsames Bad, tranken zusammen eine Tasse Kaffee und verabschiedeten sich voneinander. Horst legte die Hand auf Haralds Schulter und sagte ernst: »Venedig.«

Das sollte heißen: »Mein lieber Freund, es war schön, dich kennengelernt zu haben. Auch die Gesellschaft von Agneta Fältskog und Ingela war mir angenehm. Ich wünsche euch allen eine gute Weiterreise.«

»Nordkap«, antwortete Harald. Und das sollte heißen: »Mein lieber Freund, welch eine Freude dich getroffen zu haben. Dich, Helene Fischer und Renate. Kommt gut und wohlbehalten an euer Ziel.«

Dann fuhren sie los. Jeder in seine Richtung.

Pelle, der Räuber

Ein Großteil der kriminellen Energie Östergottlands konzentrierte sich in Pelle und Jan-Ole. Sie wären gern unermesslich reich, waren aber nur arme Schlucker, die ihren Alkoholkonsum mit krummen Dingern finanzierten. Eines Tages kamen sie auf die Idee, eine Bank zu überfallen. Sie glaubten, das könnte ein lohnendes Unterfangen sein, denn dort wurde ja bekanntlich das meiste Geld eingelagert. Es wartete in dicken Bündeln nur darauf, dass sie es abholten. Also klauten sie ein Auto und schraubten die Kennzeichen des Treckers vom alten Johannsson an. Dem würde es wahrscheinlich gar nicht auffallen, wenn sie fehlten. Der Traktor war schon seit Jahren nicht mehr bewegt worden. Er stand bloß noch in der Scheune und rostete vor sich hin. »Hier können wir auch die Beute verstecken, bis Gras über die Sache gewachsen ist.« Die Ganoven waren sich einig, dass das eine super Idee war. Am Dienstagvormittag zogen sie Damenstrümpfe über ihre Köpfe und stürmten in die Bank. Sie fuchtelten mit ihren Pistolen und verlangten ganz viel Geld.

»Mensch, Pelle, was denkst du dir bloß?«, fragte die Kassiererin. »Das meiste liegt im Tresor der Hauptfiliale. Ich kann dir nur das Handgeld für die Barauszahlungen anbieten. Das lohnt aber kaum.«

»Schnauze!« Er warf ihr einen Rucksack zu, den sie in aller Ruhe mit Zehn-Kronen-Scheinen füllte. Als sie anfing, ›Money, Money, Money‹ von Abba zu summen, verlor Pelle die Geduld. »Her damit!«, verlangte er und ließ sich die halbgefüllte Tasche reichen. Die Ganoven liefen aus dem Gebäude und schossen aus Gründen der Dramatik einige Male in die Luft. Jan-Ole erreichte zuerst den Fluchtwagen und brauste panisch davon, bevor Pelle die Beifahrertür auch nur berühren konnte. Der schimpfte dem Auto hinterher, sah sich verzweifelt um und entdeckte ein Fahrrad. Eilig schnallte er den Rucksack auf und fuhr so schnell wie möglich die Straße runter. An der Kreuzung bog er rechts ab und nahm dann den Weg Richtung Linköping. Nachdem er ungefähr fünfzehn Kilometer geradelt war, hatte Pelle das Gefühl, den Bullen vorläufig entwischt zu sein. Nun galt es, den Abstand zu vergrößern, irgendwo unterzukriechen und abzuwarten bis Gras über die Sache gewachsen war. Gut gelaunt pfiff Pelle ein Liedchen und radelte durch den Sonnenschein. Er hatte es geschafft. Er hatte einen Rucksack voller Geld auf dem Buckel und die Bullen ganz locker abgehängt. Und mit Jan-Ole, dem Idioten, brauchte er nicht zu teilen. Schließlich hatte der Schwachkopf ihn einfach stehengelassen. Dummerweise hatte Pelle seit dem Frühstück nichts mehr gegessen. Und diese endlose Radfahrerei war er nicht gewohnt. Mit jedem Kilometer wurden ihm die Beine schwerer und in seinem Bauch machte sich langsam ein flaues Gefühl breit.

Auf einem Hügel traf er Horst, der ganz gemütlich im Sonnenschein saß und Zimtschnecken futterte. Zu seinen Füßen liefen Helene Fischer und Renate herum und stürzten sich auf die Krümelchen, die er ihnen zuschnipste. Pelle stellte sich höflich vor und schielte gierig auf das Gebäck. Da Horst kein Schwedisch verstand, nickte der nur freundlich und bot ihm eine Zimtschnecke an. Der Räuber griff dankbar in die Tüte. Während er kaute, berichtete Horst von seinen Reiseplänen. Pelle verstand bloß das Wort ›Nordkap‹ und wies die Straße hinunter.

»Ja, ich weiß«, sagte Horst, »das ist meine Richtung.«

Wortgewaltig bot der Ganove seine Dienste als Reiseführer an. Wenn er mit dem komischen Kauz unterwegs war, würden ihn die Bullen kaum erkennen, denn die suchten ja nach Gangstern und nicht nach alten Herren mit Geflügel.

Horst sperrte die Hühner ein und setzte sich auf das Mofa. Der Schwede legte die Hand auf seine Schulter und ließ sich ziehen. An jeder Abzweigung zeigte Pelle mit einem Kopfnicken den Weg an und versicherte: »Nordkap!«

Der kleine Motor keuchte zwar etwas unter dem Gewicht der zwei Männer und Hühner, der Beute und dem Gepäck, doch es funktionierte ganz gut. Jedenfalls, solange es nicht bergauf ging. Da fuhr Horst dann vor und wartete, während Pelle sich den Berg mit Muskelkraft hinaufkämpfte.

Horst war zufrieden. Er hatte nun einen Fremdenführer an der Seite und brauchte sich keine Gedanken mehr um den richtigen Weg zu machen. Noch ahnte er nicht, dass seine neue Bekanntschaft gar nicht daran dachte, ihn zum Nordkap zu begleiten. Der Räuber wollte nur so schnell wie möglich in die Hauptstadt, wo er hoffte, unauffällig untertauchen zu können.

In Stockholm versteckte sich Oskar, der Bombenbauer, hinter einem parkenden Lieferwagen und unterdrückte glucksend sein Lachen. Er beobachtete, wie Lina auf der anderen Straßenseite den braunen Briefumschlag nahm, den er unter den Scheibenwischer ihres rostigen Fiats geklemmt hatte. Er konnte der Frau die Überraschung ansehen, als sie das Kuvert öffnete und die Geldscheine entdeckte. Lina arbeitete im Krankenhaus als Reinigungskraft. Sie war ihm aufgefallen, weil sie immer so fröhlich und freundlich gewesen war. Und das, obwohl die alleinerziehende Mutter neben dem Putzjob auch noch in einer Imbissbude arbeiten musste, um Schulden abzuzahlen. Nun nahm sie die Scheine aus dem Umschlag und sah sich um. Oskar zog den Kopf ein. Als er erneut um die Ecke lugte, konnte er sehen, dass Lina das Geld einsteckte, in den Wagen stieg und fortfuhr.

Der Wohltäter grinste selig. So fühlte sich das Glück an. Er schlenderte, mit sich und der Welt zufrieden, zum Jaguar. Er würde Lina noch zwei- oder dreimal Bares zustecken müssen, bis sie die Schulden würde tilgen können.

An den ersten Abenden ihrer gemeinsamen Reise lud Horst seinen Begleiter ein, im Zelt zu übernachten. Doch Pelle nahm die Decke, die er ihm anbot, und legte sich lieber allein ins Freie zum Schlafen. Er fand, dass die Viecher entsetzlich stanken und wollte auf keinen Fall eine Nacht mit ihnen im Zelt verbringen. Der Ganove hatte eine miserable Laune. Inzwischen hatte er bemerkt, dass die Kassiererin die Tasche nur mit mickrigen Zehnern vollgestopft hatte. Vorbei war der Traum vom großen Reichtum. Strenggenommen war er ein ebenso armer Schlucker wie vor dem Raub. Bloß mit dem Unterschied, dass ihn nun die Polizei im ganzen Land suchte. Und ein bewaffneter Raubüberfall war keine Kleinigkeit. Egal, wie armselig die Beute auch ausgefallen war, die Bullen würden alles dransetzen, ihn zu schnappen. Die Welt war ungerecht, fand Pelle. Er musste so schnell wie möglich untertauchen. Und das ging eben am besten in der Stadt. Vielleicht sollte er dem Alten das Mofa klauen? Zu zweit und mit dem Hänger voll mit Hühnern und allerlei Gerümpel kamen sie einfach nicht zügig voran.

Horst fuhr auf den Vorplatz einer kleinen Kirche. Pelle hielt seine Schulter und ließ sich auf dem Fahrrad hinterherziehen. Helene Fischer und Renate saßen gemütlich in ihren festgezurrten Kisten auf dem Gepäck und schauten in die Welt hinaus. Das Mofa kam keuchend zum Stehen und hustete eine bläuliche 2-Takt-Wolke in den Himmel.

»Hej«, grüßte Horst freundlich zwei Boule-Spieler und schaltete den Motor ab. Sein Begleiter stöhnte. Jetzt machte der Knacker schon wieder eine Pause.

»Nordkap, Nordkap!« Er zeigte mit einer ungeduldigen Geste in Fahrtrichtung.

»Jaja, red du mal. Ich brauche erstmal ein Päuschen.«

Horst streckte den Rücken durch, knetete seinen Hintern mit beiden Händen und ging mit steifen Schritten zu den Leuten.

Die Frau beugte gerade leicht die Knie, wog eine schwere Kugel in der Rechten und warf. Ein Mann mit asiatischen Gesichtszügen stand daneben und wartete, bis er an der Reihe war.

»Ein guter Wurf«, lobte Horst, und um deutlich zu machen, was er meinte, klatschte er begeistert und rief: »Bravo!«

Die Spielerin lächelte ihn an, nickte mit dem Kopf und warf erneut.

»Sauber!«, rief Horst. »Der war ja fast noch besser.«

Nun war ihr Gegner dran.

»Schade«, kommentierte der Zuschauer. Die Kugel landete weit hinter den anderen. Sie war am weitesten von der kleinen Zielkugel entfernt. Doch der Werfer grinste stolz. Der nächste Wurf ging ebenfalls daneben, wenn er auch nicht ganz so miserabel war wie der erste. Plötzlich riss der

Chinese hocherfreut die Arme hoch und rief etwas, was wie »Renate!« klang. Seine Gegenspielerin zuckte gleichgültig mit den Schultern, zog aus der Hosentasche einen Zehn-Kronen-Schein und gab ihn dem Glücklichen.

»Was soll das? Der Mann hat eindeutig verloren.«

Die Frau nickte lächelnd und sammelte die Kugeln ein. Anschließend reichte sie die kleine Kugel dem angeblichen Sieger, der sie auf das Spielfeld kullern ließ.

Im nächsten Moment hörte Horst, wie die Hühner anfingen, aufgeregt zu gackern. Als er sich umdrehte, konnte er sehen, dass Pelle an der Anhängerkupplung herumfummelte. Als er sie gelöst hatte, kippte der Hänger mit den kreischenden Hennen um. Der unverschämte Halunke setzte sich auf das flambierte Mofa und startete den Motor.

»Halt!«, rief Horst. »Steig sofort ab!«

Doch Pelle lachte bloß, zeigte ihm den Stinkefinger und fuhr los. Er kam höchstens drei Meter weit. Von einer chinesischen Boule-Kugel getroffen stürzte er vom Mofa.

Er stand nicht wieder auf. Der Ganove war mausetot.

Bestattung international

Die Grundschullehrerin, der Chinese und Hühnerhorst saßen auf den Treppenstufen vor der Kirche. Sie aßen Zimtschnecken, die Horst aus der kleinen Konditorei von nebenan geholt hatte. Dabei besprachen sie, wie es nun weitergehen sollte. Leider konnten sie sich auf keine gemeinsame Vorgehensweise einigen, denn sie verstanden nicht, was die anderen zu dem Problem zu sagen hatten. Der Verursacher dieser vertrackten Situation lag still in eine Decke gewickelt im Gebüsch und wartete ab, als ginge ihn die ganze Angelegenheit nichts an. Helene Fischer und Renate liefen auf dem Kiesweg herum und pickten gierig die Krümelchen auf, die Li Jian von seiner Zimtschnecke abbröselte und ihnen zuschnipste. Horst hatte den Eindruck, dass weder die Hühner noch der Chinese den Ernst der Lage begriffen. Und Amalia schien ihm auch keine besondere Hilfe zu sein. Die plapperte bloß aufgeregt schwedische Sätze. »So kommen wir nicht weiter«, stellte Horst fest. Amalia erwiderte irgendetwas, was er als Zustimmung auslegte und stand auf. Sie ging ein paar Schritte, drehte sich um und sagte etwas, von dem er vermutete, es hieße ungefähr: »Bleibt hier sitzen. Ich bin gleich wieder da. Ich habe nämlich eine Idee.« Es könnte aber ebenso gut heißen: »Wartet ab, ihr Trottel, ich hole jetzt die Polizei und lasse euch einbuchten.« Doch das konnte sich Horst von der freundlichen Dame nicht vorstellen. Sicherheitshalber fragte er nach: »Polizia? Police?« Amalia lachte ihn aus, schüttelte den Kopf und ging fort.

Ein paar Tage zuvor war in Rom ein Herr zum Airport gebracht worden. Er hat ein bisschen wie ein Finanzbeamter ausgesehen, was er jedoch nicht war. Als er die Limousine mit den abgedunkelten Scheiben verließ, war ihm ein Umschlag mit einem gefälschten Ausweis und einem Flugticket in die Hand gedrückt worden. »Hier sind deine Papiere, Jorge. Möge dich der Allmächtige begleiten.« Desweiteren hatte er ein Köfferchen mit einem Haufen Geldscheinen bekommen. »Ruf mich an, wenn du mehr brauchst.«

Jorge hatte sich in den nächsten Flieger nach Stockholm gesetzt.

Amalia kam mit einer Schaufel und einer Spitzhacke zurück. Mit einer Geste forderte sie Horst und Li auf, ihr zu folgen. Helene Fischer und Renate schlossen sich ihnen an. Die beiden Männer zogen auf Amalias Anweisung hin das Bündel mit dem Problem aus dem Gebüsch. Sie schleppten es hinter der Grundschullehrerin her, die zielstrebig die Straße überquerte und in den Wald ging. Der Trauerzug brach durch das Unterholz, stolperte durch das üppige Blaubeerkraut, bis Amalia endlich eine Stelle fand, die sie für geeignet hielt, dem Ganoven als letzte heilige Ruhestätte zu dienen.

Horst und Li arbeiteten sich in den Waldboden vor, während sie auf dem Bündel saß und Helene Fischer das Gefieder kraulte. Nach ungefähr zwanzig Minuten warf Li wütend die Spitzhacke fort und schimpfte. Amalia wollte gerade den Mund öffnen, da stimmte Horst dem Chinesen zu: »Hier hat es keinen Zweck. Im Boden stecken mehr Steine als sonst was. Und die verflixten Wurzeln erleichtern die Angelegenheit auch nicht unbedingt.«

Die beiden Männer sprachen auf die Lehrerin ein, bis sie ein Einsehen hatte, mit den Schultern zuckte und sie mit einer Handbewegung aufforderte, ihr zu folgen.

Auf einer Lichtung stoppte der Leichenzug. Diesmal gruben Horst und Amalia, während Li sich ausruhte. Schon nach zehn Minuten mussten sie feststellen, dass sie auch hier keine vernünftige Grube in den Boden bekamen. Sie versuchten es noch an verschiedenen Stellen, bis sie am Abend müde und dreckig aufgaben und mit dem Bündel den Wald verließen. Da noch Ferienzeit war, erlaubte Amalia Horst, im Schulgarten zu campen. Doch bevor er das Zelt aufbaute, wollte er mit dem Mofa zum nahegelegenen Badesee fahren. Li setzte sich auf das Fahrrad von Pelle, hielt sich an der Schulter von Horst fest und ließ sich ziehen. Amalia mochte nicht mitkommen. Der Sommer war in den letzten Tagen deutlich abgekühlt und begann sich dem Ende zu nähern. Also zog sie es vor, im Haus heiß zu duschen. Aber Helene Fischer und Renate kamen gerne mit. Sie teilten sich eine Transportkiste, die Horst auf den Gepäckträger klemmte. Für eine so kurze Strecke ließ sich die Enge aushalten. Horst und Li spülten Schweiß und Dreck im Badesee ab, während die Hühner am Ufer herumliefen und den schönen Abend genossen.

Wie zu Lebzeiten übernachtete Pelle in eine Decke gehüllt im Freien, während Horst, Helene Fischer und Renate im Zelt schliefen. Am Morgen servierte Amalia ein appetitliches Frühstück mit Kaffee, Brötchen und einem gekochten Ei. Während Horst es sich schmecken ließ, schwatzte die Lehrerin mit ihm. Kurz darauf traf auch Li Jian ein. Amalia begrüßte ihn herzlich und reichte ihm eine Schaufel. Dann sagte sie etwas zu Horst, wies auf das Bündel, in dem das Problem gewickelt war, und forderte die beiden Männer auf, ihr zu folgen.

Amalia ging voran, Li folgte ihr mit geschulterter Schaufel und Horst zerrte Pelle hinter ihnen her. Das Ende des Leichenzuges wurde wie am Tag zuvor von Helene Fischer und Renate gebildet.

Die Grundschullehrerin stoppte schon nach wenigen Schritten und wies die Totengräber an loszulegen, indem sie auf ein Beet zeigte. Zwar wollte Amalia an dieser Stelle im nächsten Frühling mit den Schülern Radieschen anbauen, doch was tief unter der Erde lag und den Würmern als Futter diente, spielte dabei im Grunde keine Rolle. Hauptsache war, dass es hier im Schulgarten keine Baumwurzeln und kaum Felsbrocken gab.

»Großartig«, freute sich Horst. »Hier lässt es sich ja ganz wunderbar arbeiten.«

Nach einer knappen Stunde fanden sie, dass die Grube tief genug war. Gemeinsam zerrten sie das Bündel an das Grab und ließen es hineinplumpsen. Amalia machte sich gleich daran, Erde hinterherzuschaufeln.

»Moment!«, unterbrach Horst sie. Er hatte den Toten nicht besonders gut gekannt. Und gemocht hatte er ihn sowieso nicht. Trotzdem sollte eine Bestattung doch etwas würdevoller und feierlicher vollzogen werden. Mit ernster Miene stand er am Grubenrand und faltete die Hände. Li Jian tat es ihm nach. Und auch die Lehrerin sah ein, dass sie es vielleicht zu eilig hatte angehen lassen. Sie stellte sich dazu und sah betreten zum Mofadieb hinab. Selbst Helene Fischer und Renate schienen nun in Trauer zu verharren. Sie scharrten nicht mehr und sie gurrten nicht mehr. Beinahe etwas nachdenklich blickten sie zu den drei Gestalten, die eben noch fleißig gegraben hatten und nun einfach so herumstanden. Für einen Moment war der Schulgarten in eine feierliche Stille, in eine erhabene Andächtigkeit gehüllt. Horst fühlte sich an Renates Bestattung erinnert und tatsächlich kullerte da ein Tränchen über seine Wange. Und er bekam Appetit auf frischen Butterkuchen. Er war kein frommer Mensch und kannte sich in religiösen Dingen nicht besonders gut aus. Doch er hatte das Gefühl, es sei nun der richtige Moment für ein paar bedeutsame Worte. Er atmete tief durch und sprach: »Komm, Herr Jesus, sei du unser Gast und segne, was du uns bescheret hast. Amen.« Es war vielleicht nicht ganz das passende Gebet für diesen Anlass, doch ein anderes fiel ihm nicht ein. Auch Li hatte das Bedürfnis, dem Toten eine Rede zu halten. Er trat vor, hob, als wolle er einen Segen erteilen, feierlich die Arme und hielt eine ernste Ansprache. Wahrscheinlich war sie sehr traurig, aber mit Sicherheit wunderschön. Anschließend sahen die beiden Redner erwartungsvoll zu Amalia. Sie war tief ergriffen und brachte jedoch nicht mehr über die Lippen als ein kurzes »Amen«.

Nun wurde das Grab mit Erde aufgefüllt.

In Stockholm war Jorge ein Wohnmobil übergeben worden, das mit allen Schikanen versehen war. Das Bad war mit goldenen Wasserhähnen ausgestattet und der riesige Flachbildfernseher konnte nicht nur unzählige Programme empfangen, sondern war auch noch mit dem Internet verbunden. Fußbodenheizung, Klimaanlage und die Markise ließen sich mit einer kleinen Fernbedienung steuern. Im Kühlschrank stand Champagner bereit. Den hatte Jorge zuvor für die Gäste geordert, die er treffen wollte. Für ihn selbst standen ein paar Büchsen Bier daneben.

Er war in diesen Palast auf Rädern gestiegen und hatte Stockholm verlassen. Ein paar Kilometer war er auf der E 18 entlang gefahren, bevor er abgebogen war und einen kleinen Campingplatz angesteuert hatte.

Horst drehte auf dem Vorplatz der Kirche eine Runde und winkte Li Jian und Amalia freundlich zum Abschied zu. Er war den beiden dankbar, dass sie ihm geholfen hatten. Wenn der Chinese nicht gewesen wäre, hätte er seine Reise wohl zu Fuß fortsetzen müssen, denn soviel er wusste, fuhr weder ein Bus noch eine Eisenbahn zum Nordkap. Er drehte eine weitere Runde um den Platz. Amalia lachte und winkte. Wenn sie nicht gewesen wäre, hätte er sich mit Li Jian eine Gefängniszelle teilen müssen. Dann hätte er Renates Traum vermutlich niemals erfüllen können. Er drehte eine letzte Runde. Natürlich war es bedauerlich, dass Lis Kugel Pelle gleich umbringen musste, doch das war einfach Pech gewesen. Das war ja nicht böse gemeint.

Die Grundschullehrerin und der Chinese setzten das sonderbare Spiel mit den Boule-Kugeln fort und Horst machte sich wieder auf die Reise.

Der dritte Mann

Vor allem die Nächte wurden allmählich kühler. Wenn Horst morgens aus dem Zelt kroch, hatte er meistens keine Lust, in einen See zu springen. Er sehnte sich nach einer heißen Dusche. Also steuerte er am Abend einen Campingplatz an. Nachdem er sich vorschriftsmäßig angemeldet hatte, fuhr er im Schritttempo über die Anlage. An dem ihm zugewiesenen nummerierten Abschnitt hielt er, stieg vom Flammenmofa und reckte sich. Er massierte seinen schmerzenden Hintern und fing an, das Zelt aufzubauen. Schräg gegenüber saß ein älterer Herr vor einem noblen Campingbus und schaute ihm zu. Er sah ein bisschen wie ein Finanzbeamter aus. Die Hühner gackerten hoffnungsvoll in ihren Kisten und warteten darauf, herausgelassen zu werden. Doch Horst nahm an, dass es verboten war, Geflügel über den gepflegten Rasen laufen zu lassen. Also ließ er die beiden zunächst eingesperrt. Zumal Helene Fischer und Renate hinkackten, wo immer er sie auch laufen ließ.

Salih war ein blöder Hund. Sarah hatte ihm all ihre Liebe geschenkt, war ihm dankbar gewesen, dass er ihr die göttliche Wahrheit nahegebracht hatte. Und was tat der Kerl? Er trat ihr Herz mit Füßen. Er hatte doch tatsächlich über sie gelacht, als sie feierlich die heilige Schahada gesprochen und sich auf diese Weise zum islamischen Glauben bekannt hatte.

Als sie den Hijab nahm, um auf gottgefällige Art ihre sündige Weiblichkeit zu verhüllen, hatte Salih behauptet, dass die Sure 24, die An-Nur, ja auch ganz anders gemeint sein könnte. »Blödsinn! Wie könnte das anders gemeint sein?«, fragte sie ihn. Der Prophet hatte eindeutig und klar verkündet, dass die Frauen ihre Körper mit Tüchern bedecken müssen. »Naja, vielleicht bedeutet das bloß, dass hübsche Mädels nicht völlig nackt rumlaufen sollen. Und das finde ich schon traurig genug.«

Für Sarah stand fest: Salih war ein blöder Hund! Wie konnte er nur seinen eigenen Glauben dermaßen in den Schmutz ziehen. Sie wollte ihn nie wiedersehen. Sie wollte nichts mehr mit ihm zu tun haben. Von nun an gehörte ihr Herz Allah, dem Gerechten. Und dem Propheten Mohammed, sein Name sei gepriesen.

Der Finanzbeamte vor dem Wohnmobil nickte Horst freundlich zu, als der die Transportkisten mit den Hennen vorübertrug. Horst erwiderte den Gruß lächelnd, aber wortlos. Er hatte schwer an den unhandlichen Kisten zu schleppen. Vor der Einfahrt zum Campingplatz stellte er die Boxen mit seinen gefiederten Freundinnen ab und setzte sich auf einen Baumstumpf. Nun öffnete er die Klappen und ließ die beiden durch das Gras laufen. Fröhlich gackernd schossen sie davon und suchten im Unkraut nach Leckereien. »Jetzt haben wir schon eine Menge miteinander erlebt.« Weder Helene Fischer noch Renate hielt es für notwendig, auf diese Bemerkung zu reagieren. »Ich weiß nicht, wie viele Kilometer wir hinter uns gebracht haben.« Die Hühner scharrten weiter im Gras herum. »Und ich weiß auch nicht, wie weit wir noch fahren müssen.« Horst seufzte. »Es kann wohl noch dauern, bis wir Polarlichter sehen werden.« Das Gespräch verlief etwas einseitig, fand Horst. »Aber irgendwann werden wir es schon schaffen.« Nun schwieg er und schaute den Hennen zu, bis er entschied, dass sie für den heutigen Tag genügend Freiheit bekommen hatten. Er sperrte sie wieder in die Transportkisten und schleppte sie zurück ins Zelt. Anschließend besuchte er das Duschhaus und genoss das heiße Wasser. Das Abendessen nahm er in einer zum Campingplatz gehörenden Würstchenbude ein. Als er sauber, satt und zufrieden zum Zelt zurückkehrte, saß sein Nachbar nicht mehr vor dem Luxus-Wohnmobil. Offensichtlich hatte er Besuch bekommen. Vor dem Eingang standen drei Paar Schuhe aufgereiht. Giftgrüne Plastiklatschen, vornehme Herrenlacklederschuhe und schlichte Damenschuhe. Horst kroch zu den Hühnern in das Zelt. Kurz darauf schnarchte er zufrieden.

»Mach es gut, Silvia, und komm gut nach Hause, meine Königin der Nacht!«

»Nicht so laut, Jorge, du weckst die Nachbarn.«

Diese Mahnung kam zu spät. Helene Fischer gurrte und Renate öffnete kurz ein Auge. Horst war hellwach. Er kroch er aus dem Zelt, um bei der Gelegenheit zum Klo zu gehen. Sein Nachbar stand vor dem Wohnmobil und winkte jemandem hinterher. Jetzt erst fiel Horst auf, dass die beiden Deutsch geredet hatten.

»Guten Abend«, grüßte Horst.

»Oh, habe ich Sie geweckt?«

»Macht nichts, ich muss sowieso zum Klo.«

Er nickte ihm freundlich zu und schlurfte zum Toilettenhäuschen. Als er wieder zurückkam, stand sein Nachbar immer noch vor dem Campingbus.

»Uns fehlt jetzt der dritte Mann.«

»Was?«

»Wir haben Skat gespielt«, erklärte er. »Aber jetzt sind wir nur noch zu zweit.«

»Tja.« Horst stand etwas unschlüssig herum.

»Mein Name ist Jorge. Kommen Sie doch zu uns herein. Trinken Sie ein Glas Champagner oder ein Bier mit uns.«

»Ach, wieso eigentlich nicht.« Er reichte ihm die Hand. »Ich bin Horst.«

Im Wohnmobil stellte Jorge ihm Mario vor. Sein Schnurrbärtchen war gepflegt und die dunklen Haare glänzten ölig und waren akkurat gescheitelt. Zum feinen Anzug trug er eine Seidenkrawatte. An den Fingern glänzten protzige Ringe aus Gold. Mario sprach nur Italienisch, also dolmetschte Jorge für die beiden. Doch es wurde sowieso nicht viel geredet. Die drei kloppten Skat und konzentrierten sich voll auf das Spiel. Bis plötzlich eine Diskussion zwischen Jorge und Mario ausbrach. Noch während der hitzigen Debatte zog der Italiener ein Mobiltelefon aus seiner Innentasche und plapperte hinein. Kurz darauf fuhr ein dunkler Wagen vor und holte ihn ab.

»So ein Mist«, maulte Jorge. »Jetzt fehlt schon wieder der dritte Mann.«

»Was war denn los?«

»Nichts weiter.« Jorge zuckte mit den Schultern. »Er hatte einfach keine Lust mehr. Ich habe noch versucht, ihn zu überreden. Aber er wollte einfach nicht.«

»Tja, da kann man wohl nichts machen«, bedauerte Horst.

»Nein.« Jorge seufzte leidend. »Aber im Grunde sollten wir Mario deswegen nicht anklagen. Er muss wieder nach Hause. Morgen in aller Frühe reist er ab. Aus geschäftlichen Gründen, sagt er.«

»Tatsächlich? In welcher Branche ist er denn tätig? Er scheint ja nicht schlecht zu verdienen.«

»Möchten Sie noch ein Bier?«, fragte Jorge. »Oder jetzt doch lieber ein Glas Champagner?«

Horst bat um ein Bier, sein Gastgeber reichte es ihm und setzte das Gespräch fort: »Er ist in einer sizilianischen Organisation tätig. Ich glaube, es ist ein alter Familienbetrieb. Was er da genau macht, weiß ich gar nicht. Wir reden eigentlich nie über die Arbeit, wenn wir zusammen sind.«

»Verstehe.« In Horst stieg die Ahnung auf, dass Mario möglicherweise einer nicht ganz seriösen Tätigkeit nachging.

»Wir drei treffen uns nun schon seit Jahren. Ich mache bei der Gelegenheit immer ein paar Tage Urlaub. Wir spielen Skat und lassen die Seele baumeln. Das ist immer ganz wunderbar.«

»Und was ist mit der Dame?«

»Mit wem?«

»Die Dame, die ging, bevor ich kam.«

»Ach, die Silvia.«

»Sie haben Deutsch mit ihr geredet.«

»Ja, sie kommt aus Heidelberg. Hat sich aber schon als junge Frau in einen Schweden verliebt und ihn geheiratet.«

»Tja, wo die Liebe hinfällt.«

»Nicht wahr. Heute lebt sie auf der Insel Lovön bei Stockholm.«

»Und Sie, Jorge?«, fragte Horst seinen Gastgeber. »Sind Sie verheiratet?«

»Um Gottes willen!«, rief er aus und lachte. »Höchstens mit meiner Arbeit.«

»Sie sind noch berufstätig?«, staunte Horst. »In Ihrem Alter?«

»Meinen Job hängt man nicht einfach so an den Nagel.«

Horst sah sich um. »Naja, finanziell könnten Sie sich das sicherlich erlauben, oder nicht?«

»Mein lieber Freund, ich arbeite doch nicht für Geld. Geld interessiert mich nicht. Ich habe andere Sorgen.«

»Nämlich?«

»Eines der größten Probleme ist wohl, dass die Menschen auf diesem Planeten nicht gut miteinander umgehen. Das ist wirklich furchtbar. Ein weiteres großes Problem für mich persönlich ist der Stress, dem ich täglich ausgeliefert bin. Was glauben Sie, mein Lieber, wie mühsam es ist, immer im Einsatz zu sein. Rund um die Uhr, Tag für Tag, mit Haut und Haar.«

»Dann schmeißen Sie doch den Laden hin! Setzen Sie sich zur Ruhe. Niemand zwingt Sie weiterzumachen.«

Jorge schüttelte den Kopf. »Ich liebe meine Arbeit.« Lächelnd setzte er hinzu: »Ich bin mit ihr verheiratet, schon vergessen?«

»Tja, da kann man wohl nichts machen. Ich denke, ich werde jetzt schlafen gehen. Es ist schon spät.« Horst stand auf und reicht Jorge die Hand zum Abschied.

Der fragte ihn: »Vielleicht mögen Sie morgen mit mir frühstücken? Es würde mich freuen.«

»Gerne, wann darf ich kommen?«

»Klopfen Sie einfach, wenn Sie wach und hungrig sind. Es wird schon die richtige Zeit sein.«

Nachdem Horst zu den Hühnern in sein Zelt gekrabbelt war, stand Jorge noch eine Weile vor dem Luxus-Wohnmobil und sah in den Sternenhimmel. Seine Freundin Silvia würde erst am Nachmittag erscheinen. Und da Mario abgereist war, würde ihnen wieder der dritte Mann fehlen. Vielleicht konnte er Horst beim Frühstück überreden, den Sizilianer für ein paar Tage zu vertreten.

Jorge ist katholisch

Mark hatte seinen Vater bei der Polizei als vermisst gemeldet. Und über das Radio waren Suchmeldungen gesendet worden. Daraufhin hatte eine alte Klassenkameradin angerufen, die seinen Vater tatsächlich getroffen hatte. Leider konnte Claudia ihm kaum etwas erzählen, was er nicht schon wusste. Der alte Herr war mit dem Mofa und den Hühnern unterwegs. Es war allerdings für Mark eine Neuigkeit, dass sich sein Vater nun auf die Suche nach Polarlichtern begeben hatte. Irgendwie fand er diese Information beunruhigend.

Mark und Alex waren sich einig, dass Horst nicht in ein unbewohntes, einsames Haus zurückkehren sollte, wenn er endlich dort auftauchte. Er sollte sich unter keinen Umständen jemals wieder alleine fühlen müssen. Deswegen packten sie ihre Sachen und zogen in Marks Elternhaus. Zumindest vorläufig wollten sie dort bleiben. Mark konnte seine Computerprogramme auch in der Provinz schreiben. Es war ausreichend, wenn er alle paar Wochen zum Hauptsitz der Firma nach Berlin reiste. Und Alex hatte schon seit langem die Nase voll von seinem Job. Er kündigte kurzentschlossen und hielt das Haus und den Garten in Ordnung, während Mark am Computer arbeitete.

Am Morgen hatte Helene Fischer ein Ei gelegt. Oder war es Renate? Jedenfalls freute Horst sich sehr. Seit er bei Emil Bengtsson im Garten kampiert hatte, war es das erste Ei. Nun brauchte er nicht mit leeren Händen zum Frühstück zu erscheinen. Er bedankte sich bei den Hennen und kroch mit dem Ei aus dem Zelt.

»Guten Morgen, Jorge!« Er klopfte an die Tür des Wohnmobils.

Sein Nachbar ließ ihn hinein, wirkte aber noch etwas verschlafen.

»Guten Morgen Horst, mein Lieber, ich hoffe, Sie hatten eine angenehme Nacht.«

»Ja, danke. Ich habe Ihnen ein Ei mitgebracht. Ganz frisch.«

Jorge bedankte sich höflich und schaltete den Kaffeevollautomaten ein. Horst setzte sich an den Tisch, den sein Gastgeber liebevoll eindeckte.

»Café Crema, Cappuccino, Latte Macchiato? Was darf ich Ihnen anbieten?«

»Für mich einfach bloß einen Kaffee.«

Kurz darauf frühstückten die beiden gemütlich. Jorge lobte das Ei und Horst den Kaffee. Schließlich meinte der Gastgeber beiläufig: »Ich frage mich, wie Ihnen der Skatabend gestern gefallen hat.«

»Ach ja, war mal eine ganz nette Abwechslung. Ich bin ja schon eine ganze Weile unterwegs.«

»Und könnten Sie sich vielleicht vorstellen, heute Abend wieder ... So eine kleine Runde Skat, wie wäre das?«

»Ach, das würde mir schon gefallen. Aber ich muss ja weiter. Ich habe noch einen langen Weg vor mir.«

»Tatsächlich? Wo wollen Sie denn noch ganz hin? Mit den Hühnern und dem komischen Mofa?«

Horst erzählte von seiner großen Polarlicht-Mission. Und weil Jorge ein so guter Zuhörer war, erzählte er auch von Renate und dem Versprechen, das er ihr gegeben und nie gehalten hatte. Und weil Jorge weiterhin so gut zuhörte, erzählte Horst auch gleich, dass die beiden Hennen viel mehr waren als einfach bloß Geflügel. Der gute Zuhörer nickte lächelnd und sah ihn freundlich und interessiert an. Also erzählte Horst, dass er noch immer über den Tod seiner Frau traurig war. Doch die Trauer tue eben nicht mehr so fürchterlich weh, seit er sich Renate zuliebe auf die Reise zu den Polarlichtern gemacht habe. Er erzählte ihm alles. Nach einem kurzen Zögern sogar von dem Unglück mit der chinesischen Boule-Kugel und wie sie zu dritt dieses Problem gelöst hatten.

»Oha!«, sagte Jorge schließlich. »Das ist ja allerhand.«

»Ja.«

»Und trotzdem«, gab Jorge zu bedenken, »glauben Sie nicht, Sie könnten die Weiterreise um einen oder vielleicht sogar um zwei Tage verschieben? Der Nordpol und die Pol-Lichter laufen schon nicht davon.«

»Nordkap und Polarlichter.«

»Ja genau, die sind ein paar Tage später auch noch da.«

»Hm, naja.«

»Wenn Sie abreisen, fehlt schon wieder der dritte Mann. Das wollen Sie doch nicht, oder?«

»Nein, das nicht.«

»Silvia kommt am Nachmittag.«

»Hm, naja.«

»Was denn?«

»Sicher könnte ich meine Weiterfahrt um ein paar Tage verschieben. Ich habe Zeit. Aber ...«

»Was aber?«

»Helene Fischer und Renate. Ich kann sie doch nicht tagelang in den Transportkisten lassen. Das ist viel zu eng. Das sind sie nicht gewohnt. Die drehen durch.«

»Na, dann lassen Sie die doch etwas herumlaufen.«

»Haben Sie sich hier mal umgesehen? Das ist eine piekfeine Anlage. Wenn die Hühner auf den Rasen kacken, bringt der Platzwart mich um. Dann fehlt Ihnen auch der dritte Mann. Das ist mal todsicher.«

Jorge überlegte einen Moment. »Dann führen wir sie eben Gassi. Das haben Sie doch gestern auch getan. Wir bringen sie irgendwohin, wo sie in aller Ruhe herumlaufen können. Dann kommen wir wieder her und kloppen Skat. Na, Horst, was meinen Sie? Ist das ein guter Plan?«

»Das ist ein vorzüglicher Plan«, stimmte Horst ihm zu.

Während die beiden Männer kurz darauf die Kisten mit den Hennen vom Campingplatz schleppten, konnte Lina, die Putzfrau aus dem Karolinska Krankenhaus in Stockholm, ihr Glück kaum fassen. Erst vor ein paar Tagen hatte ihr jemand einen Umschlag mit 5.000 Kronen hinter den Scheibenwischer geklemmt und nun hatte sie ein Paket auf der Fußmatte gefunden. Ein Päckchen mit einem Haufen Geld. Jetzt konnte sie die Schulden bezahlen, die ihr Ex – möge er in der Hölle schmoren – hinterlassen hatte. Und sie würde noch ein paar schöne Scheine übrig haben.

Wem sie diese großzügige Spende zu verdanken hatte, ahnte sie nicht. Wahrscheinlich hätte sie Oskar Andersson, den ehemaligen Patienten, nicht einmal wiedererkannt, wenn sie ihm auf der Straße begegnet wäre. Doch sie hätte ihn sowieso nicht zufällig treffen können. Nachdem Oskar ihr das Geld gebracht hatte, hatte er sich in seinen Jaguar gesetzt und war in höllischer Geschwindigkeit davongebraust. In wenigen Stunden hatte er Stockholm weit hinter sich gelassen. Eine Strecke, für die Horst Tage gebraucht hätte. Oskar wollte zu seiner Jagdhütte. Es war ja schön und gut, wildfremde Menschen mit Geldgeschenken zu beglücken, solange aber seine Bombenfabriken weiter produzierten, fand er es irgendwie widersprüchlich. Doch, was sollte er nun mit den Fabriken anfangen? Er konnte sie nicht einfach schließen. Er konnte doch seine Arbeiter nicht auf die Straße setzen. Eine vertrackte Situation. Ein paar einsame Tage in seiner Jagdhütte im Norden waren genau das Richtige, um eine Lösung zu finden.

»Wie praktisch, dass wir alle drei Deutsch sprechen. Da können wir uns heute Abend ganz bequem unterhalten.«

Jorge und Horst saßen auf einem Baumstamm am Waldrand und sahen den Hühnern zu.

»Und Italienisch können Sie auch. Sind Sie Italiener?«

»Nein, ich komme aus Argentinien.«

»Dann sprechen Sie Argentinisch?«

Jorge lachte. »Argentinisch gibt es nicht, mein Freund. Die Leute dort sprechen Spanisch.«

»Das ist ja allerhand. Haben Sie noch mehr im Angebot?«

»Französisch, Portugiesisch und ein bisschen Englisch. Ach, und nicht zu vergessen: Latein und etwas Altgriechisch. Aber das zählt ja eigentlich nicht so richtig.«

Horst stieß einen bewundernden Pfiff aus. »Da sind Sie ja ein echtes Sprachgenie.«

»Wenn Sie das so sehen möchten, meinetwegen. Aber darauf kommt es ja gar nicht an.«

»Worauf denn?«

»Was nützt es, viele Sprachen zu beherrschen, wenn die Worte nicht die Herzen der Menschen erreichen?«

»Oder die der Hühner.«

»Was?«

»Ich kann nicht so viele Sprachen, aber dafür kann ich mich mit Helene Fischer und Renate unterhalten. Und ich glaube, sie begreifen jedes Wort. Jedenfalls, wenn sie mir zuhören.«

»Das ist wunderbar. Ich habe manchmal das Gefühl, zu Tausenden von Menschen zu sprechen, ohne dass mich auch nur einer von ihnen versteht.«

Wie um zu antworten, gackerte Renate los.

»Ich glaube, es wird Zeit«, stellte Horst fest.

Sie sperrten die Hennen wieder ein und machten sich auf den Weg zum Campingplatz. Unterwegs fragte Horst: »Aber sagen Sie mal, Sie haben mich neugierig gemacht. Was ist das für eine Arbeit, die Sie nicht hinschmeißen können, obwohl Sie scheinbar, entschuldigen Sie bitte den Ausdruck, stinkreich sind?«

»Ja, ich kann mir vorstellen, dass ich, entschuldigen Sie bitte den Ausdruck, stinkreich auf Sie wirke. Ich interessiere mich aber gar nicht so sehr für irdische Güter. Sie dienen nur dazu, Gutes zu tun. Und mir einmal im Jahr meinen kleinen heimlichen Urlaub zu ermöglichen.«

»Jaja, nun sagen Sie schon. Was arbeiten Sie?«

»Ich leite die Kirche.«

»Das muss aber eine große Kirche sein, wenn sie Ihnen so ein teures Luxus-Wohnmobil gibt.«

»Es ist eine sehr große Kirche. Ich bin der Papst.«

Jorge, Silvia und Hühnerhorst kloppten am Abend Skat. Helene Fischer und Renate saßen daneben und sahen zu. Horst mochte sie nicht wieder die halbe Nacht allein im Zelt lassen. »Hennen sind gesellige Wesen. Sie fühlen sich einsam, wenn man sie vernachlässigt.« Also durften sie mit in das angenehm beheizte Wohnmobil. Der Papst bestand allerdings darauf, dass sie in ihren Transportkisten blieben. Aus hygienischen Gründen. Silvia war eine hervorragende Spielerin. Und anders als Mario interessierte sie sich sehr für die Mission von Horst.

»Sie wollen tatsächlich ganz bis an das Nordkap?«

»Ja.«

»Auf dem Mofa?«

»Ja.«

»Mit den Hühnern?«

»Ja.«

»Meinen Sie denn nicht, dass die Zeit langsam knapp wird?«

»Ach, ich habe es nicht eilig.«

Silvia sah ihn mitleidig an. »Der Sommer geht allmählich zu Ende.«

»Ich werde mir eine gute Jacke besorgen.«

»Wie weit können sie am Tag fahren? 100 Kilometer? Vielleicht 120?«

»Hm, naja. Ich weiß nicht genau.«

»Mit jedem Kilometer wird es etwas kälter werden. Und mit jedem Tag früher dunkel. Und wenn erst der Schnee fällt.«

»Was soll das, Silvia?«, mischte Jorge sich ein. »Der Mann hat eine Mission. Einen Traum! Wieso willst du ihm den kaputtmachen?«

»Das will ich nicht. Im Gegenteil. Es ist eine wunderbare Reise. Aber um sie zu schaffen, muss er es realistisch angehen. Der Winter steht vor der Tür. Es ist einfach nicht der richtige Zeitpunkt.«

»Es wird schon gehen, irgendwie«, meldete Horst sich zu Wort.

»Nein, es wird eben nicht irgendwie gehen. Nicht, wenn Sie sich einfach auf das Mofa setzen und losfahren, ohne nachzudenken!«

»Komm, lass uns noch eine Runde spielen«, schlug Jorge vor.

»Du begreifst aber auch gar nichts!«, fuhr Silvia ihn an. »Was glaubst du passiert, wenn er im Norden mit seinem lächerlichen Mofa in Schnee und Eis steckenbleibt? Wie groß ist die Chance, dass er gefunden wird, bevor er erfriert?«

Jorge seufzte genervt. Horst zuckte mit den Schultern. »Ich werd dann mal gehen. Es ist Schlafenszeit.« Er stand auf und nahm sich die Kiste mit Helene Fischer.

»Versprechen Sie mir, dass Sie darüber nachdenken?«

»Aber natürlich.«

Auf Socken trug er das Huhn rüber in sein Zelt und kam zurück zum Wohnmobil.

»Jetzt fehlt uns schon wieder der dritte Mann«, maulte der Papst und reichte ihm Renate heraus.

Knut, der Habicht

Ein paar Tage, nachdem Horst die Skatrunde verlassen hatte, kaufte er in Östersund eine feuerrote Daunenjacke. Doch nach wenigen Stunden auf dem Flammenmofa musste er feststellen, dass sie nicht warm genug war. Obwohl er zwei Pullover darunter trug, fröstelte er im Fahrtwind. Silvia hatte recht: Mit jedem Kilometer schien es kühler zu werden, mit jedem Tag etwas früher dunkel. Schon lange hatte Horst mit keinem Menschen mehr geredet. Er fühlte sich einsam, denn weder Helene Fischer noch Renate waren besonders gesprächig. Manchmal sah er tagelang keine Menschenseele, kein Haus und keinen Hof. Kam er mal durch eine kleine Ortschaft, dachte er darüber nach, ein Hotelzimmer zu suchen. Er sehnte sich nach einem Bett und einer heißen Dusche. Doch ernsthaft sah er sich nicht nach einer Unterkunft um. Falls er tatsächlich ein Hotel oder auch nur eine Pension finden sollte, würde er mit dem Geflügel im Gepäck abgewiesen werden. Daran zweifelte er nicht. Also fuhr er eben einfach weiter. An ein Bad im See war längst nicht mehr zu denken. Dazu war es zu kalt. Langsam begann er, unangenehm zu riechen, was außer den Hennen niemand bemerkte. Und die schwiegen höflich. »Ach Renate«, seufzte er in den Fahrtwind, »was hast du uns da nur eingebrockt?« Und er meinte nicht das Huhn.

Nach einem weiteren grauen, nasskalten Tag hatte Horst das Zelt unter einer verkrüppelten Birke aufgestellt. Endlich hatte es aufgehört zu regnen. Helene Fischer und Renate liefen über das nasse Moos und auf dem kleinen Gaskocher blubberte eine Dose mit Hühnersuppe. Um die klamme Kälte zu vertreiben, versuchte Horst mit feuchten Holzscheiten ein Lagerfeuer zu entzünden. Es qualmte fürchterlich. In der Ferne summte ein Motorengeräusch. Er hörte gar nicht hin. Zu sehr war er mit dem Versuch beschäftigt, ein vernünftiges Feuer in Gang zu kriegen. Erst als ein Auto neben dem Mofa hielt, sah Horst überrascht auf. Er hatte keine Lust gehabt, das Zweirad durch Gestrüpp und über das lose

Gestein zum Zeltplatz zu zerren. Also hatte er es an der Straße stehengelassen. Ebenso den Anhänger mit dem meisten Gepäck. Eine Person stieg aus dem Fahrzeug und schaute durch die Dämmerung zu ihm herüber. Dann machte sie sich am Hänger zu schaffen. »Halt!«, rief Horst. »Das ist mein Eigentum!« Eilig stolperte er über die glitschigen Steine auf den Fremden zu. Der sprang nun in sein Auto und brauste davon. Als Horst endlich das Flammenmofa erreichte, konnte er nur noch die Rücklichter von dem Wagen sehen. »Da fährt jemand so einen flotten Schlitten und will mich bestehlen.« Kopfschüttelnd beobachte er, wie die roten Punkte sich in der Ferne verloren. Nun trat er an den Hänger und prüfte, ob etwas verschwunden war. Es fehlte nichts. Im Gegenteil. Hinter dem Riemen, mit dem er die Transportkisten der Hennen festzuschnallen pflegte, klemmte ein brauner Umschlag. Als er ihn öffnete, fand er 5.000 Kronen. »Pfff, Geld«, stieß er verächtlich aus. »Was soll ich denn damit?« Er ging zurück zum Lager, kickte die angekokelten Holzscheite fort und aß schlecht gelaunt seine Suppe.

Am nächsten Tag strahlte die Sonne freundlich am klaren Himmel, was die Stimmung deutlich besserte. Auch Helene Fischer und Renate wirkten heute fröhlicher. Sie gurrten und gackerten. Und Horst begann, ein Lied zu summen. Möglicherweise hatte er sich die Laune zu sehr von Silvias Schwarzmalerei und dem Regen verderben lassen. Nun, da die Sonne schien und die Hennen munter schwatzten, war die Welt wieder in Ordnung. Natürlich fröstelte er noch immer. Na und? Am Abend würde es ein bisschen früher dunkel werden als am Tag zuvor. Was machte das schon? Es war wunderbares Wetter und er hatte seine gefiederten Freundinnen bei sich und die Kilometer sausten unter ihm hinweg. Die Welt war doch schön, irgendwie.

Knut saß auf dem Ast einer Kiefer und war damit beschäftigt, ein unvorsichtiges Kaninchen zu verdauen. Kurz bevor er beinahe eindöste, nahm er ein seltsames Geräusch wahr. Es klang wie ein Knattern. Und gleichzeitig wie ein Dröhnen. Er hörte das Mofa schon von weitem. Knut war ein Habicht. Und er war in jeder Hinsicht ein ungewöhnlicher Vertreter dieser Gattung. Von seinen stolzen und dabei doch irgendwie ungehobelten Artgenossen unterschied er sich nicht zuletzt dadurch, dass er einen Namen trug. Das war überaus unüblich für Tiere in freier Wildbahn. Darüber hinaus interessierte er sich für Dinge, die nichts mit Fortpflanzung oder Nahrungsaufnahme zu tun hatten. Zuweilen flog er stundenlang durch die Lüfte, nur um die schöne Aussicht zu genießen. Und an manchen Tagen wurde er von einer seltsamen Melancholie ergriffen, die einfach nicht vogeltypisch war. Wenn er in der richtigen Stimmung war, dachte er sich Gedichte aus. Am liebsten mochte er Haikus, jene kurzen Dreizeiler, die ihren Ursprung in Japan hatten. Leider war Knut nicht in der Lage, diese vollendeten Meisterwerke festzuhalten, denn er war des Schreibens nicht mächtig. Aber lyrisches Talent hatte er, auch wenn er seine wunderbaren Verse nur in Gedanken schmiedete.

Durch das Motorengeräusch fühlte er sich gestört, doch gleichzeitig wurde seine Neugier geweckt. Er streckte sich kurz, erhob sich in die Luft und kreiste über die Knattermaschine. Auf dem Fahrzeug befanden sich ein Menschenwesen und zwei leckere Hühner. Der Habicht war schon von dem Kaninchen pappsatt. Also hatte er zunächst keinerlei kulinarisches Interesse an der Reisegruppe. Doch er fand sie skurril und irgendwie fesselnd. Stundenlang begleitete er sie, zog hoch oben seine Kreise und ließ sie nicht aus den Augen.

Als am Nachmittag die Dämmerung einsetzte, hielt die Knattermaschine am Straßenrand und verstummte plötzlich. Knut beobachtete alles ganz genau. Das Menschenwesen stieg vom Fahrzeug, massierte sich den Hintern und öffnete die komischen Kisten. Die leckeren Hühnchen liefen los und Knut verspürte augenblicklich Appetit.

Viel weiter südlich, in der Nähe von Vetlanda, pirschte ein Fuchs durch das Unterholz. Er hatte eine fette Beute erblickt. Ein pelziges Wesen saß im Gras und knabberte an irgendwelchen Blättern. Als der Moment günstig schien, stürzte sich der Jäger auf den vermeintlichen Leckerbissen. Bevor er jedoch zuschnappen konnte, drehte sich das weiße Tierchen und biss ihm kraftvoll in die Nase. Gleichzeitig zielte das kleine

Monster mit den scharfen Krallen auf seine Augen. Daraufhin ergriff der Fuchs jaulend die Flucht.

Das Killerkaninchen hatte wieder zugeschlagen.

Als Renate den Habicht erblickte, bekam sie einen riesigen Schrecken. In Todesfurcht versteckte sie sich unter den Zweigen eines Wacholderbusches. Wenn ihr Schnabel Worte formen könnte, würde sie wahrscheinlich sowas rufen wie: »Ach du grüne Neune! Ein böses Biest! Versteck dich, Helene!« Doch da sie der Sprache nicht mächtig war, gackerte sie bloß hysterisch.

Helene Fischer erschrak nicht weniger, aber als sie in Deckung gehen wollte, schien ihr der Greifvogel irgendwie – zuzulächeln. Tatsächlich. Plötzlich gefiel ihr der fremde schöne Vogel. Der Henne wurde schlagartig klar, dass keine Gefahr von ihm ausging.

Auch in Knut ging eine zauberhafte Veränderung vor, als er der vermeintlichen Mahlzeit in die Augen sah. Er war geblendet von der anmutigen Schönheit, von der schlichten und dabei so edlen Eleganz. Statt die Krallen in Helene Fischer zu schlagen, landete er direkt vor ihr, stellte den Kopf etwas schief und sah sie verliebt an. Für gewöhnlich balzten Habichte im Frühjahr, wie es sich gehörte. Doch er war so angetan von der Hühnerdame, dass er sich spontan für eine Ausnahme entschied. Er plusterte das Gefieder auf, streckte seine Flügel und erhob sich in die Luft. Dort drehte er wilde Kapriolen, veranstaltete mit sich selber eine rasante Hetzjagd. Helene Fischer war tief beeindruckt von dieser großartigen Akrobatik. Sie begann ebenfalls mit den Flügeln zu flattern und feuerte ihn begeistert gackernd an. Wenn Renate dazu in der Lage wäre, hätte sie ihr wohl zugerufen: »Ja sag mal, spinnst du?« Knut stürzte in einem dramatischen Sturzflug hinab zu der Dame seines Herzens und setzte sich zu ihr. Dort schnäbelte das junge Paar zärtlich miteinander, bis der Habicht wieder in die Luft stieg. Immer in Bodennähe bleibend, schoss er nun von Gebüsch zu Gebüsch, von Bäumchen zu Bäumchen. Helene Fischer folgte ihm, halb flatternd, halb fliegend und sehr verliebt.

Horst sah von seinem Abendessen auf und staunte. Da flog ein Greifvogel von Baum zu Baum und Helene Fischer setzte ihm so gut sie konnte nach. Dabei gackerte sie aufgeregt wie ein junges Küken. »Ja sag mal, spinnst du?«, rief er ihr hinterher, womit er Renate aus dem Herzen sprach. »Komm zurück! Helene Fischer!« Doch es war zu spät. Sie hörte nicht auf ihn und folgte dem Vogel ihrer Träume, ohne sich umzusehen.

Goldkehlchen

Statt am folgenden Tag die Fahrt fortzusetzen, durchkämmte Horst nervös die Umgebung. Stundenlang stolperte er durch das Gestrüpp, schlidderte über glitschige, bemooste Steine, sah unter jeden Busch, hinter jeden Strauch, rief unermüdlich nach der Vermissten. Renate beteiligte sich an der Suche – auf Hühnerart. Sie lief herum und gackerte hysterisch. Helene Fischer blieb verschwunden. Am Ende eines langen Tages stellte Horst müde fest: »Tja, da kann man wohl nichts machen. Wo die Liebe hinfällt, da fällt sie eben hin.« Etwas niedergeschlagen legten Horst und Renate sich zur Ruhe.

Am frühen Morgen begaben sich die Reisenden schweren Herzens weiter auf ihre große Expedition in den Norden. »Und vielleicht treffen wir eines Tages Helene Fischer wieder. Dann erzählen wir ihr von den wunderschönen Polarlichtern.«

Nicht nur die Henne wurde vermisst. Auch Sarah, die Nichte von Alex, das Beinahe-Enkelkind der Schneiders, war plötzlich verschwunden. Ihre Mutter weinte sich die Augen aus und Alex war sehr besorgt. »Sie wird schon wieder auftauchen«, versuchte Mark ihn zu trösten. »Es wird schon alles gut werden, irgendwie.«

Von nun an konnte Horst sich nur noch mit Renate unterhalten. Seit Tagen hatte er kein Haus und keinen Mensch gesehen. Die einsame Straße, auf der er fuhr, war eher eine Schotterpiste. So war er fast ein bisschen erschrocken, als er eine kleine Hütte erblickte. Aus dem gemauerten Schornstein stieg eine Rauchsäule in das Grau des Himmels. Vielleicht könnte Horst hier mal wieder eine menschliche Stimme hören, vielleicht sogar eine heiße Dusche nehmen. Er stellte das Mofa ab, stakste mit steifen Beinen zur Tür und klopfte an. Sofort hörte er eine Frauenstimme zetern und nach wenigen Augenblicken öffnete eine zahnlose, sehr faltige Greisin.

»Guten Tag, mein Name ist Horst.«

»Ich heiße Riita.«

Überrascht klappte er seinen Mund auf und wieder zu. Inmitten dieser Einöde auf eine menschliche Behausung zu stoßen, war schon überraschend, und nun traf er auch noch auf eine Frau, die seine Sprache verstand.

»Sie sprechen Deutsch?«

»Ja.«

Da die Frau keine Anstalten machte, sich mit ihm zu unterhalten oder ihn ins Haus zu bitten, fragte er sie: »Kann ich bei Ihnen mein Trinkwasser auffüllen? Und gibt es hier in der Nähe eine Tankstelle?«

»Ja.«

Sie trat zurück und bat ihn endlich mit einer Geste in die Hütte. Kurz darauf saß Horst an einem Küchentisch. Vor ihm dampfte ein Becher mit Kaffee, den Riita ihm hingestellt hatte.

»Schön haben Sie es hier.«

Da kicherte die Alte bloß.

»Leben Sie alleine?«

»Mein Mann ist tot.« Sie grinste. »Schnaps?«

Ohne eine Antwort abzuwarten, stand sie auf, hielt sich an der Stuhllehne fest und tastete nach der Tür eines Schrankes. Mit den Händen suchte sie das Innere des Möbelstückes ab, fand schließlich eine Plastikflasche, die mit einer trüben Flüssigkeit gefüllt war. Sie klemmte das Gefäß unter den Arm, nahm zwei Schnapsgläser und hielt sich mit der freien Hand an der Stuhllehne fest. Als sie ihren Sitzplatz wiedergefunden hatte, goss sie die Gläser voll. Dabei legte sie den Zeigefinger auf den Rand des Glases und fühlte auf diese Weise, wann es voll war.

»Sie sehen wohl nicht besonders gut, wie?«

»Stockblind bin ich. Prost!«

»Zum Wohl«, antwortete Horst.

Die Alte schenkte sofort nach.

»Wie kommt es, dass Sie so gut Deutsch sprechen.«

»Mein Mann kam aus Nordrhein-Westfalen, der Hurenbock. Prost!«

Horst ließ sein Gläschen stehen. Als sie ihm nachschenken wollte, bemerkte sie gleich, dass er sein Getränk nicht angerührt hatte. Sie zuckte gleichgültig mit den Schultern und kippte den Schnaps selbst.

»Haben Sie Kinder, Verwandte, die Sie manchmal besuchen kommen?«

Die Alte murmelte etwas, was Horst nicht verstand, dann hob sie den Kopf und grinste: »Mein Mann ist tot, tot wie eine Maus.«

»Tja, es ist immer traurig, wenn jemand nicht mehr da ist. Er war bestimmt ein sehr liebenswerter Mensch.«

»Er war ein Hurenbock.«

Darauf wusste Horst zunächst keine Antwort. Nach einer stillen Weile meinte er schließlich zögernd: »Trotzdem. Sie haben ihn mal geliebt. Früher mal.«

»Nein, ich konnte ihn noch nie leiden.«

Horst fragte überrascht: »Aber Sie haben ihn doch geheiratet, oder? Wurden Sie denn dazu gezwungen?«

Riita bekam eine weiche Stimme. Beinahe verträumt sprach sie: »Ach, da war ich noch ein junges Mädchen. Was war das schön.« Abrupt schüttelte sie den Kopf, wie um sich selber zu wecken. »Nein nein, gezwungen wurde ich nicht. Im Gegenteil, meine Eltern wollten mir die Ehe sogar verbieten.«

»Sehen Sie, und trotzdem haben Sie ihn geheiratet. Na, wenn das keine Liebe war! Für Sie – für das junge Mädchen von damals – muss er ein ganz besonderer Mensch gewesen sein.«

»Er war ein Hurenbock. Eine miese Ratte. Auch damals schon. Ein widerlicher Typ.«

Horst wurde langsam ungeduldig. »Na ja, irgendwas muss er ja gehabt haben. War er vielleicht besonders schön?«

»Er war hässlich wie die Nacht. Was glauben Sie, warum ich blind bin?«

»Weil er hässlich war? Davon wird man doch nicht blind.«

»Das sagen Sie nur, weil Sie ihn nie gesehen haben.«

Riita trank noch einen Schnaps und murmelte: »Mann, war der hässlich! Was für ein Glück, dass ich den nicht mehr sehen muss.«

»Meinetwegen«, lenkte Horst ein. »Ihr Gatte war keine Schönheit. Aber wahrscheinlich hatte er innere Werte, einen guten Character.«

»Innere Werte? Nee, alles nur das nicht. Er war versoffen, betrog, wo er nur konnte und quälte zuweilen Katzenbabys, nur weil er das für witzig hielt.«

Horst schlug mit der flachen Hand auf den Tisch. »Ich glaub es nicht!«, rief er. »Warum haben Sie ihn denn dann geheiratet? Wieso sind Sie all die Jahre bei ihm geblieben?«

»Er hat immer so schön gesungen.« Riita lächelte verträumt. »Wie ein Elfenprinz aus einer zauberhaften Märchenwelt.«

»Was?«

»Wenn er diese wunderbaren Weisen anstimmte, wenn seine Stimme, seine Elfenstimme diese wunderbaren Melodien formte …«

Horst sah sie mit offenem Mund staunend an. Riita schwärmte verträumt vom Gesang ihres Mannes und lächelte dabei seltsam entrückt. Es dauerte nicht lange, bis die Plastikflasche beinahe leer war. Riitas Stimmbänder waren gelöst. Die alte Frau redete auf Horst ein, erzählte von ihrem Mann, dem Hurenbock. »Einmal hat der Kerl meinen größten Schatz gestohlen. Eine silberne Kette, die ich von meiner seligen Großmutter geerbt hatte. Und den Ring. Als ich merkte, dass der Schmuck weg war, wusste ich sofort, dass er ihn genommen hatte. Und er hat es nicht mal abgestritten. Der Mistbock hat mir rotzfrech ins Gesicht gelacht.«

»Oh.«

»Ja, oh. Ich wollte ihm gerade den Kopf zurechtrücken, da machte er den Mund auf und fing an zu singen.« Über Riitas Gesicht zog erneut ein seliges Lächeln. »Er sang wie ein Märchenwesen. Seine Stimme war reinster Zuckerguss.« Sie hörte auf zu erzählen. Andächtig schien sie dem Nachklang der wunderbaren Stimme zu lauschen.

»Kurz darauf habe ich ihn in der Scheune erwischt«, fuhr sie fort, »bei ihm war ein junges Mädchen. So ein hübsches Ding passte gar nicht zu dem Kerl. Sie trug den Ring meiner Großmutter. Und ihre Silberkette.

Ich wollte den beiden gerade den Marsch blasen, da setzte er wieder sein Grinsen auf und sang mir was vor. Das war so wunderwunderschön. Einfach unglaublich.«

»Tja.«

»Einmal versteckte er einen toten Fisch in meiner Matratze. Der hat grässlich gestunken. Als ich den Kadaver endlich entdeckte und ihn dem Kerl um die Ohren hauen wollte, da hat er einfach gesungen. So wunder-wunderschön.«

»Ach herrje!«

»So war es immer. Über 60 Jahre lebten wir zusammen. Und jeden Tag, den der liebe Gott werden ließ, stellte der Kerl etwas Widerwärtiges an.«

»Ich verstehe. Dann haben Sie ja wirklich eine schlimme Zeit miteinander gehabt.«

»Wie kommen Sie denn darauf? Es war herrlich. Wenn Sie ihn nur einmal singen hören könnten, dann würden Sie mich verstehen. Ich danke dem Herrn jeden Tag, dass ich all die Jahre so einen Mann an meiner Seite haben durfte. Auch wenn er ein Hurenbock und ein Mistkäfer war. Er war durch und durch verdorben, ein mieser Character und hässlich wie die Nacht – aber sein Gesang!«

»Ah.«

»Vom ersten Tag an war mir klar, was für ein Scheusal das war. Und vom ersten Tag an liebte ich seinen Gesang. Im Grunde habe ich bloß diese Stimme geheiratet. Den Kerl habe ich eben in Kauf nehmen müssen. Wie einen hässlichen Hautausschlag oder Fußpilz oder so. Es war wunderbar.«

Während Riita so daherredete, überlegte Horst, ob er sie fragen sollte, ob er bei ihr übernachten könne. Es war angenehm warm in der Hütte und durch das Küchenfenster konnte er sehen, dass gerade ein leichter Schneeregen einsetzte.

Da begann Riita, leise zu singen. Sie wog ihren Oberkörper leicht vor und zurück. Ihre Stimme war rau und kratzte unangenehm in seinen Ohren.

»Ich muss jetzt auch weiter.« Er stand auf und nahm seine Jacke vom Haken neben der Tür. »Vielen Dank für ihre Gastfreundschaft.«

Riita krächzte weiter ihr Lied, das von Frühlingsblumen und Schmetterlingen im Sonnenschein erzählte. Dass Horst nun ging, beachtete sie nicht weiter.

Obwohl es draußen nass, kalt und ungemütlich war, war Horst froh, wieder mit Renate allein zu sein. Ohne es zu wissen, steuerte er nun auf die kleine Jagdhütte von Oskar Andersson zu. Diese war allerdings noch viele Kilometer entfernt.

Der Bombenbauer saß derweil am Kamin in eben dieser Jagdhütte. Bei einer Kanne Kräutertee und Gebäck grübelte er darüber nach, wie er seine Rüstungsfabriken in Fabriken der Liebe und des Friedens umbauen könnte.

Der verrückte Specht

Die Kraftstoffreserven in den Kanistern neigten sich mal wieder dem Ende zu. Doch eine Tankstelle war noch immer nicht in Sicht. Es war kalt geworden. Und es hatte angefangen zu schneien. Horst und Renate fuhren über weite Strecken durch einsame Gegenden. An einer alten Brücke aus Granitblöcken kamen sie an ein kleines, rotes Häuschen aus Holzbalken. Horst stellte den Motor ab, reckte sich und stelzte mit steifen Beinen zum Eingang. Vielleicht konnte er den Bewohnern etwas Benzin abkaufen. Und vielleicht konnte er sich ein bisschen aufwärmen. Auf sein Klopfen reagierte zunächst niemand. Er trat ein paar Schritte zurück und sah sich das alte Gebäude an. Aus dem Schornstein stieg eine dünne Rauchfahne auf. Horst trat wieder an die Tür und klopfte erneut. Dabei rief er: »Bitte machen Sie auf, ich brauche Hilfe!« Die Tür öffnete sich einen Spalt und eine dünne Stimme ließ sich hören: »Du sprichst Deutsch?« »Ja, Sie auch?«, antwortete Horst und dachte: »Schon wieder ein Deutscher. Ist denn der ganze Norden voll mit meinen Landsleuten?« »Hast du Vögel in den Kästen?« Horst drehte sich zum Wagen um und sah zu der Reisekiste von Renate. »Bloß ein Huhn.«

»Das kommt mir aber nicht ins Haus.«

»Aber nein, selbstverständlich nicht.«

Der Türspalt wurde größer.

»Guten Tag, mein Name ist Horst Schneider, ich bin auf dem Weg …«

»Schnell schnell« Eine Hand griff seinen Arm und zog ihn in den dunklen Flur.

»Puh, das ist noch mal gut gegangen. Er ist draußen geblieben.«

»Guten Tag, mein Name ist Horst Schneider.«

»Ich bin der Paul. Möchtest du einen Kaffee mit mir trinken?«

»Gerne«

Paul führte ihn in die Küche, stellte Becher auf einen wackeligen Klapptisch, auf dem eine Vase mit vertrockneten Feldblumen stand.

»Vielleicht kommt dir meine Begrüßung etwas merkwürdig vor.« Während er sprach, hantierte Paul an einer Kaffeemaschine herum. »Ich bin ein Poet.«

Horst fragte sich, ob alle nordischen Poeten beim Öffnen der Haustüren so ängstlich waren.

»Oh, Kaffee ist alle. Wie wäre es mit einem Tässchen Tee.«

»Gerne.«

Paul durchwühlte den Hängeschrank und nach einer kurzen Weile meinte er: »Oh, Tee ist auch alle. Wie wäre es mit heißem Wasser?«

»Äh ja, gerne.«

Kurz darauf saßen sich beide gegenüber. Vor ihnen dampfte das heiße Wasser. Horst fragte den Poeten: »Wen meintest du vorhin, als du sagtest, dass ›er‹ draußen geblieben sei.«

»Den verrückten Specht«, hauchte Paul.

Horst fragte sich, ob es wirklich einen Specht geben könne, der annähernd so verrückt war wie sein Gegenüber.

»Eines Morgens war er einfach da«, erzählte Paul. »Er kam wohl durch das Fenster. Weißt du, vor dieser üblen Sache habe ich immer bei offenem Fenster geschlafen.«

»Aha, ich verstehe.«

»Und da ist er einfach reingekommen, der verrückte Specht. Zuerst habe ich ihn gemocht. Er saß morgens neben meinem Bett und hat mich so freundlich angesehen.« Der Poet legte seinen Kopf schief und lächelte Horst an. »So hat er mich angesehen. Ganz niedlich. Ich habe mit ihm geredet. Man wacht ja nicht alle Tage auf und hat einen Specht neben dem Bett zu sitzen. Ich habe ihn gemocht. Und als ich aufstand und in die Küche ging, da ist er hinter mir her geflattert.«

Paul schob mit der Fingerspitze ein paar Brotkrümel zu einem kleinen Häufchen zusammen und lächelte vor sich hin, als sei er verliebt.

»Ja und dann?«

»Nach dem Frühstück ging ich nach draußen um Steinchen,

Tannenzapfen und Elchkot zu sammeln. Und der Specht folgte mir.«

»Du bist raus gegangen, um was zu sammeln?«

»Steinchen, Tannenzapfen und Elchkot. Da war es ja noch sommerlich.«

»Wozu, in aller Welt, sammelst du die Kacke von Elchen?«

»Na, die trockne ich.«

»Und dann?«

»Dann kommt da Klarlack rauf.«

»Klarlack?«

»Ja, klar.«

Da wusste Horst nichts zu erwidern. Auch der Poet schwieg nun und beschäftigte sich weiter mit den Brotkrümeln.

»Und dann?«, fragte Horst schließlich.

»Wie?«

»Was geschah dann? Als du die Elchkacke gesammelt hast und der Specht dir folgte?«

»Tja, wie gesagt, er flatterte hinter mir her. Nicht nur auf meinem Gang durch den Wald, sondern auch, als ich wieder ins Haus kam, um den Elchkot im Backofen zu trocknen. Er kam immer hinter mir her.«

Horst schielte zum Herd. »Ist doch schön, da hast du ja einen richtigen Gefährten bekommen.«

»Ja, am Anfang war es schön. Der Specht war freundlich und lieb. Aber dann …«

Paul machte eine kleine, dramatische Pause und sah Horst in die Augen.

»… dann wurde er verrückt.«

»Aha.«

»Er fing an, mir seinen spitzen Schnabel in die Füße zu hacken.« Der Poet klang weinerlich.

»Aua, das tat weh, oder?«

»Allerdings. Und er hat nicht nur einmal gehackt, sondern immer wieder. Ich bin weggelaufen, aber das Biest hat mich verfolgt. Ist immer hinter mir her. Und so ein Spechtschnabel ist verdammt spitz und hart, kann ich dir sagen.«

»Das glaube ich dir gerne.« Horst bemerkte zögernd: »Vielleicht hättest du ihm den Hals umdrehen sollen.«

»Spinnst du? Ich bin Poet, ich bringe doch keine Tiere um!«

»Aber wenn er dich doch angreift.«

Darauf antwortete Paul nicht. Er saß da, verbarg sein Gesicht in seinen Händen. Nach einer Weile murmelte er: »Immer immer wieder stürzte er sich auf mich, ließ einfach nicht locker.«

In Horst stieg langsam der Verdacht auf, dass der Specht nur in der Fantasie seines Gastgebers existierte.

»Und da habe ich ihn überlistet. Ich bin nach draußen gegangen und habe so getan, als wolle ich wieder Elchkot sammeln. Er ist natürlich gleich hinter mir her, immer auf meine Füße los. Ich habe nach ihm getreten. Da war er ganz benommen, der Arme. Ich also schnell wieder ins Haus und knalle ihm die Tür vor dem Schnabel zu. Seitdem hockt er da und lauert darauf, dass er wieder reinkommen kann. Das ist ja auch kein Wunder, es wird langsam kalt da draußen.«

Horst hatte vor der Tür keinen Specht gesehen. Für ihn stand fest: Es gab hier nur einen Verrückten. Und das war kein Vogel.

»Und wie läuft es so mit der Poesie?«, versuchte er das Thema zu wechseln. »Kann man davon überhaupt leben?«

»Ha!«, rief der Poet und nahm die Hände aus dem Gesicht. »Nein, Geld verdiene ich nicht damit. Aber es gibt Wichtigeres als schnödes Geld, nicht wahr?«

»Unbedingt«, stimmte Horst ihm zu. »Aber ein paar Scheine braucht man schon zum Leben, oder nicht?«

»Deswegen ja die Elchköttel.«

»Nun verrate mir endlich, was es damit auf sich hat.«

»Naja, davon lebe ich, nein, davon finanziere ich mich. Ich sammel im Wald hübsche Tannenzapfen, Steinchen und Elchkot. Der wird getrocknet und mit Klarlack überzogen. Zum Teil male ich auch noch die schwedische oder die finnische Fahne darauf oder Herzchen oder irgendwas. Den ganzen Krempel schicke ich mit der Post zu meinem Manager und Geschäftspartner nach Stockholm und der verkauft es an Touristen. Besonders die Deutschen sind ganz scharf auf lackierte Elchköttel.«

Horst staunte. Der Poet mochte einen Vogel haben, doch er konnte aus Scheiße Geld machen.

Da die beiden allmählich hungrig wurden, schlug Horst vor, eine Dose Suppe aus dem Hänger zu holen. Es sei Zeit für ein Mittagessen, fand er. Paul ließ sich gerne einladen. Er öffnete die Tür nur einen Spalt weit, damit Horst schnell raushuschen konnte, ohne den Specht hineinzulassen. Horst holte seine letzte Büchse aus dem Gepäck, und als er zurück zum Haus ging, sah er den Specht. Der Vogel hatte ein paar rote Federn auf dem Kopf, einen kräftigen Schnabel und war hübsch anzusehen. Und er war schnell. Bevor Horst den Poeten warnen konnte, hatte dieser die Tür geöffnet, nur einen winzigen Spalt weit. Der Vogel schoss blitzschnell ins Haus. Horst hörte Paul schreien. Möbel wurden umgeworfen, Türen geknallt. Horst lief durch den kurzen Flur. Paul war in die Küche geflüchtet, die Becher mit dem nunmehr lauwarmen Wasser wurden, ebenso wie die Vase mit den vertrockneten Feldblumen, vom Tisch gefegt. Paul sprang panisch auf die Fensterbank und versuchte den verrückten Specht abzuwehren, der auf die Poetenfüße einhackte. Beherzt griff Horst den Vogel. Er hielt ihn mit beiden Händen fest umschlungen, so dass dieser nicht einmal mehr mit den Flügeln flattern konnte. »Das war es, mein Freund, heute gibt es Suppe mit Spechteinlage.«

»Oh, nein, bitte tu ihm nichts.« Paul saß kümmerlich auf der Fensterbank und hielt sich die Füße. Durch seine Finger sickerte Blut. »Der Vogel ist nicht böse, nur verrückt.«

Zum Glück war ja nun die Transportkiste von Helene Fischer frei. Horst sperrte den Specht dort ein. Er versprach, den verrückten Vogel mitzunehmen und weit im Norden wieder auszusetzen. Da würde die Gegend noch dünner besiedelt sein und der Specht würde kaum die Möglichkeit finden, friedliche Poeten anzugreifen.

Horst verband die Wunden und anschließend, beim Mittagessen, erklärte Paul ihm den Weg zur nächsten Tankstelle.

Ein warmer Platz am Ofen

Oskar war prächtig gelaunt. Er hatte endlich die Lösung für sein Problem gefunden. Die Ruhe und die Abgeschiedenheit der Jagdhütte hatten ihm gutgetan. Nun wusste er, was er mit den Rüstungsfabriken anfangen konnte. Es wäre ganz wunderbar, wenn seine Bomben nicht weiter Tod und Verderben über die Menschheit brächten, sondern gute Laune und Heiterkeit. Es wäre großartig, wenn sie statt einer Detonation einen Konfettiregen in die Luft pusten würden. Oskar kicherte verschmitzt. Seine Bomben und Raketen sollten keine Zerstörung mehr verursachen, keine Leute mehr zerfetzen. Wenn sie abgefeuert wurden, sollten sie die Feinde mit bunten Papierflocken bestreuen. Farbenfroh und harmlos, fröhlich und natürlich biologisch abbaubar. Die Ingenieure, die sich bisher damit befasst hatten, die Bomben und Raketen möglichst effektiv und tödlich zu konstruieren, sollten sich nun bemühen, sie vergnüglich und ungefährlich zu machen. Schön wäre es auch, wenn sie bei der Anwendung nicht mehr so viel Lärm verursachten. Sobald genügend von den neuartigen Friedenswaffen bereitstanden, wollte Oskar Kontakt zu seinen Kunden aufnehmen und die verbesserten gegen die konventionellen Bomben und Raketen umtauschen. Völlig kostenlos natürlich. Er wollte sie einfach alle anschreiben: »Lieber Herr Diktator, sehr zu unserem Bedauern, haben wir fehlerhafte Waffen geliefert. Es besteht die Gefahr, dass die Sprengsätze unkontrolliert detonieren. Damit wir sie umgehend entschärfen können, bitten wir Sie, sämtliche Bomben und Raketen an uns zurückzuschicken. Selbstverständlich liefern wir im Gegenzug einwandfreie Ware. Ich wünsche Ihnen weiterhin viel Erfolg bei Ihren militärischen Aktivitäten und verbleibe mit freundlichen Grüßen.«

Am Anfang könnte es natürlich Probleme geben. Vor allem, wenn eine Kriegspartei schon mit den friedlichen und die andere noch mit den herkömmlichen Geschossen ausgestattet war. Wenn beispielsweise

Armee X die Truppen der Armee Y mit den Konfettibomben angriff, war es durchaus denkbar, dass die Soldaten sich zwar über den bunten, fröhlichen Regen freuten, aber trotzdem mit echten, gefährlichen Raketen zurückfeuerten. Das wäre natürlich nicht Sinn der Sache. Deswegen war es wichtig, dass Oskar möglichst schnell alle verfeindeten Mächte mit neuer Ware versorgte. Die Kriegsparteien, die bislang nicht zu seinen Kunden zählten, könnte er vielleicht mit günstigen Sonderangeboten ködern. Oder mit einer Gratis-Umtausch-Aktion.

Allerdings konnte es problematisch werden, wenn die Kämpfer zu Handfeuerwaffen, Knüppeln oder Macheten griffen, bloß weil sie mit den Bomben nicht die gewünschte Wirkung erzielten. »Unwahrscheinlich«, sprach Oskar sich selber Mut zu, »wer denkt schon ans Massakrieren, wenn er im Konfettiregen steht.« Im schicken Jaguar sauste er durch die verschneite Landschaft. Er hatte all seine Chef-Ingenieure, Unterhändler und Werbestrategen zu einer Konferenz in den Hauptsitz der Firma geladen, um die wunderbaren Pläne auf den Weg zu bringen. Im Radio wurde der uralte Song ›Waterloo‹ von Abba gespielt. Oskar sang laut mit. Am Straßenrand tauchte ein Hindernis auf und verschwand gleich wieder. Der Friedensbombenbauer verstummte irritiert, schaltete die Musik ab und sah in den Rückspiegel. Da stimmte doch etwas nicht. Vorsichtig brachte er den Jaguar zum Stehen. Dabei musste er höllisch aufpassen, um auf der eisglatten Piste nicht ins Schleudern zu geraten. Er wendete den Wagen, fuhr langsam zurück und hielt. Mitten in der weißen Wildnis war ein Mofa abgestellt. Und ein schäbiger, schwer beladener Anhänger. Weit und breit war keine Menschenseele zu sehen. Das Zweirad war vor langer Zeit schwarz lackiert worden und ein miserabler Maler hatte versucht, etwas Ähnliches wie Flammen auf den Tank zu pinseln. Auf dem Hänger war eine Menge Gerümpel verstaut, ganz obenauf eine Kiste, in der ein braunes Huhn saß. Das Gefährt und den Anhänger kannte er. Beides hatte er schon einmal gesehen. Viele Kilometer südlich von hier. Nun fragte er sich, wer so übergeschnappt sein mochte und im anbrechenden Winter mit dieser Rostlaube so weit zu reisen. Bei dem Wetter war eine Fahrt mit dem Schrotthaufen sicherlich kein Vergnügen. Und gefährlich war es außerdem. Durch den fallenden Schnee sah er nachdenklich zur Henne in dem Kasten. Die Glucke erwiderte den Blick. Wo war bloß der verrückte Reisende abgeblieben? Wieso hatte er das Fahrzeug und sein Huhn am Wegesrand zurückgelassen? Oskar seufzte. Er musste wohl raus in die Kälte und nachsehen, was da los war. Wer konnte es mit Sicherheit wissen, vielleicht war ein Unglück geschehen? Er öffnete die Autotür und ging mit hochgezogenen Schultern zum Anhänger. Pfui Teufel, was für ein Mistwetter! »Hej, du Federvieh!«, rief er Renate zu. »Wo ist dein Chef?« Darauf erhielt er keine Antwort, doch er sah Fußspuren im Schnee. »Oh verdammt, er ist in die Wildnis gelaufen. Wenn er sich verirrt, ist er bald hin.« Auf gar keinen Fall konnte er den Verrückten da draußen erfrieren lassen. Er hatte zwar ein Vermögen damit gemacht, Bomben und andere Mordwerkzeuge herzustellen, aber mit diesem mörderischen Teil seines Lebens hatte er abgeschlossen. Nun wollte er nur noch Gutes tun. Also folgte er den Fußspuren. Nach wenigen Schritten bedauerte er, die Jacke im Auto gelassen zu haben. Doch es war zu spät. Er hatte keine Zeit zu verlieren und stapfte tapfer durch das Gestrüpp. Endlich sah er den Alten. Er hantierte an einem Kasten herum. Die Kiste war von der gleichen Art wie die, in der das Federvieh auf dem Hänger gesperrt war. »Hej«, grüßte Oskar den Mann, der kurz aufsah, den Gruß knapp erwiderte und sich erneut der komischen Box zuwandte. Offenbar versuchte er mit steifgefrorenen Fingern, den Verschluss aufzukriegen. Nun sah Oskar, dass in dieser Kiste kein Huhn, sondern ein Specht saß.

Die Königin von Schweden stand im Schloss Drottningholm auf Lövön am Fenster und schaute hinaus in den Schneeregen. Sie dachte an Horst. Hoffentlich war er rechtzeitig zur Vernunft gekommen. Hoffentlich saß er nicht mehr auf dem albernen Mofa und knatterte in Richtung Norden. Silvia wünschte sich von ganzem Herzen, dass er irgendwo am warmen Ofen saß. Dort sollte er in aller Ruhe abwarten, um im Frühling seine verrückte Fahrt fortzusetzen. Hoffentlich war er klug genug gewesen, diese Reise zu unterbrechen, bevor er in Eis und Schnee steckenblieb und erfror.

Karl Gustav, der König, trat zu ihr. »Meine Liebe, was stehst du am Fenster und träumst? Wir müssen zum Empfang.« Silvia lächelte ihn an und nickte. »Ich habe nur an einen Freund gedacht. Ich komme gleich, Schatz.«

Horst fummelte mit steifen Fingern an der Kiste herum. Er musste endlich den verrückten Specht loswerden. Das Vieh war ihm nicht besonders sympathisch. Trotzdem hatte er kurz überlegt, den Vogel zu behalten, bis die kalte Jahreszeit überstanden war. Egal, ob er das Biest mochte, bei diesem Wetter jagte man eigentlich nicht einmal den Leibhaftigen vor die Tür. Andererseits war es in dem Kasten kein Grad wärmer als draußen in Freiheit. Er zerrte und ruckelte an dem verfluchten Verschluss der verfluchten Transportkiste und kam keinen Millimeter weiter. »Hej«, sprach ihn jemand an. Horst blickte kurz auf, erwiderte den Gruß und zerrte wieder an dem Haken. Jetzt hatte er weder Zeit noch Lust sich um verrückte Schweden zu kümmern, die ohne Jacke durch den nordischen Winter latschten. Er musste diesen Vogel loswerden. Und zwar schnell. Anschließend wollte er ein beheiztes Plätzchen suchen. Trotz seiner roten Jacke fror Horst schrecklich. Er fürchtete, die wunderbare Fahrt zu den Polarlichtern würde kein gutes Ende nehmen, wenn er nicht bald die Gelegenheit bekäme, sich irgendwo aufzuwärmen. Aber wo zum Teufel sollte er in der eisigen Einsamkeit einen wärmenden Ofen finden? Die fielen ja bekanntlich nicht vom Himmel. Und diese verfluchte Kiste wollte sich einfach nicht öffnen lassen! Der Fremde verpasste der Box einen kräftigen Fußtritt. »Ja, sag mal spinnst du?«, fuhr Horst ihn an, denn es hätte nicht viel gefehlt und seine Finger wären brutal zerquetscht worden. Der Specht kreischte wie am Spieß. Horst knetete seine Hände und blies hinein. Der Schwede versetzte dem Kasten einen zweiten Tritt, woraufhin er zerbrach und das Tier eilig die Flucht ergriff. »Tschüss, du schräger Vogel!« Jetzt, wo er fortflog, machte Horst sich doch ein wenig Sorgen. Aber es würde schon gehen, irgendwie. Immerhin gehörte so ein Specht ja in die freie Natur. Da konnte er sich wohl auch alleine durchschlagen. Sogar im Winter. Horst massierte seine Finger, sah den Fremden an und grüßte ihn erneut: »Hej, mein Name ist Horst.« Er reichte ihm die Hand. Der Schwede lächelte verfroren und plapperte: »Bla bla bla, Oskar Andersson, bla bla.«

»Tja, Oskar, da kann man nichts machen. Ich verstehe kein Wort von deinem Palaver, aber du siehst aus, als würdest du gleich erfrieren.« Er zog seine Jacke aus und hielt sie dem Fremden hin. Der wollte sie zunächst nicht annehmen, doch Horst bestand darauf. »Nimm sie nur, ich habe drei Pullover übereinander an und du nur den dünnen Zwirn. Mir ist fast gar nicht kalt.«

Wenig später saßen die beiden im gut beheizten Jaguar. Horst hatte die Box mit Renate auf dem Schoß. »Wir können sie ja schlecht draußen lassen, während wir es so gemütlich haben, nicht wahr?«

Oskar zuckte mit den Schultern und stellte ihm eine Frage. Leider auf Schwedisch.

»Ja, in deinem feinen Auto ist es schön warm. Herrlich!«

Der Schwede erwiderte etwas und lachte. Horst stimmte ihm freundlich nickend zu. Eine Weile plauderten sie miteinander, wenn auch möglicherweise über verschiedene Dinge. Dann stieg Oskar aus und band mit einem Abschleppseil den Fahrradanhänger an die hintere Stoßstange. Das Mofa warf er kurzentschlossen in den Kofferraum. Horst ließ ihn einfach machen. Auf gar keinen Fall wollte er das schöne Auto verlassen.

Es war schon stockdunkel, als Oskar, Horst und Renate die Jagdhütte erreichten. Der Schwede heizte den offenen Kaminofen an und bald machte sich eine wohlige Wärme breit. Horst setzte sich in einen bequemen Sessel und schaute zufrieden in die Flammen. An den Füßen trug er wunderbare Wollsocken, die sein Gastgeber ihm überreicht hatte. Die beiden Menschen tranken Glühwein. Der war nicht nur angenehm heiß und süß, sondern auch noch mit Hochprozentigem angereichert. Horst amüsierte sich köstlich darüber, dass Oskar das Getränk Glögg nannte. Er behauptete lachend, dass Renate ein wenig Schwedisch sprechen könne, da sie dieses Wort schon häufig benutzt habe. Die Henne hockte neben dem Sessel in ihrer Kiste, genoss die Wärme und sagte tatsächlich etwas, dass wie »Glööööggg« klang. Die beiden Männer gackerten albern.

Bis spät in die Nacht saßen sie zusammen und unterhielten sich. Horst erzählte von der Reise, Oskar von den wunderbaren Plänen, die Welt ein bisschen besser zu machen und Renate sprach über die schwedische Glühweinvariante.

Weihnachten

»Jetzt ist das Jahr bald vorbei und sie ist noch immer verschwunden.« Alex machte sich Sorgen um seine Nichte Sarah. »Sie wird schon wieder auftauchen, irgendwann. Es wird schon alles gut werden, irgendwie«, versuchte Mark ihn zu trösten.

»Du klingst wie dein Papa.«

Mark antwortete nicht. Inzwischen war er sicher, dass seinem Vater etwas Schlimmes zugestoßen sein musste. Sonst hätte er sich früher oder später gemeldet, ein Lebenszeichen gegeben. Mit Alex mochte er nicht darüber reden, der war schon unruhig genug, seit seine Nichte fort war.

»Meine Mutter sagte oft, Sarah sei beinahe ihr Enkelkind.«

»Ich weiß. Und sie hat ihr immer etwas zu Weihnachten geschickt.«

Mark nickte. »Ja.«

Oskar hatte Horst mit Hilfe eines Kalenders zu verstehen gegeben, dass er bis zum Frühjahr in der Hütte wohnen sollte. Mindestens. Außerdem hatte er ihm den Weg in das nächste Dorf gezeigt. Dort gab es einen kleinen Supermarkt mit einer winzigen Postfiliale, eine Bushaltestelle und einen Schnapsladen. Zu Fuß konnte man das Örtchen in einer knappen Stunde erreichen. Anschließend setzte er sich in sein schickes Auto, fuhr die vereiste Piste entlang und war verschwunden.

Vor der Tür knackte die Kälte, in der Hütte der Ofen. »Jetzt haben wir tatsächlich einen Platz im Warmen gefunden. Was sagst du dazu, Renate? Hier können wir gemütlich überwintern.« Renate sagte gar nichts. Sie saß in der Transportbox und wünschte sich, herumlaufen zu können. Doch nach draußen, in die Kälte, wollte sie auch nicht wieder.

Tagsüber wurde es kaum hell und gegen drei Uhr schon dunkel. Horst schlief morgens lange und saß abends bis in die Nacht hinein am offenen Kamin. Stundenlang starrte er in die Flammen und genoss die behagliche Wärme. Alle paar Tage wanderte er zum Supermarkt und kaufte Brot,

Käse und etwas zum Kochen. Mal Fisch und mal Geflügel. Und Eier. Denn Renate legte ja seit einiger Zeit keine mehr.

In diesem Jahr wollte Horst mal wieder Weihnachtspost verschicken. Früher hatte das immer Renate übernommen. Jetzt war es wohl seine Aufgabe. Er machte einen winterlichen Spaziergang in das Dorf und holte ein paar passende Karten. »Lieber Mark«, schrieb er auf die erste. »Ich wünsche eine schöne und besinnliche Weihnachtszeit.«

Auf dem Bild war die Jungfrau Maria zu sehen, die vor der Krippe kniete. Joseph stand daneben und legte ihr die Hand auf die Schulter. Eine Lampe gab es nicht, trotzdem war es taghell in dem Stall. Vermutlich, weil über den Köpfen von Maria, Joseph und dem schlafenden Christkind Heiligenscheine strahlten.

Horst las die Worte, die er geschrieben hatte, schüttelte den Kopf und zerriss langsam die Karte. Er zog die Schreibtischschublade auf und nahm einen Bogen von dem feinen Briefpapier heraus. Im vorgedruckten Briefkopf befand sich das Kennzeichen einer Rüstungsfirma: zwei gekreuzte Raketen vor einer symbolhaften untergehenden Sonne. Er übermalte das Emblem grob mit einem Stern, von dem er hoffte, er würde etwas weihnachtlicher aussehen und schrieb: »Mein lieber Mark.« Ratlos sah er zu Renate. »Was soll ich dem Jungen denn nur schreiben?« Die Henne gab keine Antwort. »Ich hoffe sehr, dass es dir gut geht.« Das war doch ein passabler Anfang. »Ich habe mich auf die Reise gemacht, um Polarlichter anzusehen. Das hatte deine Mutter sich immer gewünscht. Beinahe habe ich das Gefühl, sie ist noch an meiner Seite, dabei habe ich bloß die Hühner als Reisebegleitung mitgenommen.« Langsam schien Horst in Schwung zu kommen. Er sah zur Henne. Sie nickte ihm freundlich zu. »Helene Fischer ist aber schon lange fort. Sie hat unsere kleine Reisegruppe verlassen. Jetzt hocken Renate und ich in einer verschneiten Hütte. Es geht uns gut. Im Frühling werden wir weiterfahren. Sobald wir Polarlichter gesehen haben, kommen wir wieder nach Hause.« Horst runzelte die Stirn, las das Geschriebene durch, zerknüllte das Papier und warf es in den Ofen. Auf eine neue Karte schrieb er schwungvoll und ohne nachzudenken: »Lieber Mark, ich wünsche eine schöne und besinnliche Weihnachtszeit. Renate und ich erfreuen uns bester Gesundheit und hoffen das Gleiche von dir und Alex. Im Frühjahr oder im Sommer kommen wir wieder nach Hause.« Ohne die Worte erneut zu lesen, legte er die Karte zur Seite und nahm die nächste. Die richtete er an Silvia. »Ich wünsche eine schöne und besinnliche Weihnachtszeit.« Sie hat ihm gefallen, die Skatspielerin. Da er aber keine Anschrift hatte, schrieb er einfach in das Adressfeld: »An Silvia, auf Lövön bei Stockholm.« Auf die Karte für Jorge notierte er neben dem Weihnachtsgruß: »An den Papst.« Das musste reichen. »Es wird schon gehen, irgendwie. Es gibt ja nur einen von der Sorte.« Ganz ähnlich verfuhr er mit der Post für Amalia und Li Jian. »Es werden nicht so viele Chinesen in Schweden wohnen. Überhaupt gibt es hier nur ein paar Leute. Irgendwie werden die Karten schon ankommen.« Bloß von Mark und Alex kannte er die korrekte Anschrift auswendig. Und das war ja auch gut so, denn in Deutschland lebten wesentlich mehr Leute als in Schweden. Nachdem er die Weihnachtskarten am nächsten Nachmittag in das Dorf zum Briefkasten gebracht hatte, fegte er den Schnee vom Flammenmofa und stellte es in den Schuppen zum Feuerholz. In den Ort wollte er weiterhin zu Fuß gehen und das Mofa erst wieder hervorholen, wenn die Witterungsverhältnisse günstiger waren.

Als Mark den Weihnachtsgruß seines Vaters in den Händen hielt, war er überglücklich. Jubelnd rief er: »Alex! Sieh mal, was uns gerade aus Berlin nachgeschickt wurde.« Er hielt ihm die Karte unter die Nase. »Wie schön«, meinte der, »jedenfalls lebt er.«

»Nicht nur das, es geht ihm gut, schreibt er.«

»Ja, das schon.« Alex sah ihn betreten an.

»Allerdings steht hier auch …« Alex nahm ihm die Karte ab und las vor: »Renate und ich erfreuen uns bester Gesundheit.«

»Ja.«

»Offensichtlich ist er ein wenig …, sagen wir mal: verwirrt.«

»Verwirrt oder verrückt. Das ist doch egal, Hauptsache, es geht ihm gut.«

Auf die Idee, dass eine Henne nach Marks Mutter benannt worden war, kamen sie erst viel später.

»Schön, dass du bei mir bist.« Inzwischen ließ Horst Renate frei in der Hütte herumlaufen. Zwar kackte sie überall hin, doch er hatte immer einen feuchten Lappen zur Hand. So konnte er die unappetitlichen Flatschen rasch wieder entfernen. »Schön, dass du bei mir bist«, wiederholte er. »Ansonsten wäre es ganz fürchterlich einsam in dieser Einöde.«

Da er nichts Besseres zu tun hatte, begann Horst, einen Reisebericht zu schreiben. Das wurde ihm aber bald zu langweilig. Er erinnerte sich an Paul, den Poeten. Also versuchte er, ein paar Gedichte zu Papier zu bringen. Was hätte er denn sonst tun sollen? Mit den holprigen Versen war er jedoch unzufrieden und so landeten sie alle im Ofen. Der Winter war lang, kalt und dunkel. Oft dachte er an Renate, seine Frau. Diese Erinnerungen waren nicht mehr schmerzhaft und quälend, sondern vielmehr tröstlich und ermutigend. Wenn er an sie dachte, wusste er, dass es irgendwie weiterging, dass es Frühling und wieder hell werden würde. Doch vorerst krochen die Stunden eintönig und schwerfällig dahin. Und auch die Henne wirkte unglücklich. Sie wurde ganz still und gackerte kaum noch. Sie lief nicht mehr herum wie in den Tagen, nachdem er sie aus der Kiste gelassen hatte. Bald hockte sie nur noch neben dem Sessel und starrte vor sich hin. Horst erzählte ihr Geschichten und Witze, um sie aufzuheitern. Besonders viel Erfolg hatte er damit nicht. Schließlich mochte sie nichts mehr fressen. Er war sehr besorgt um das Tier.

»Vielleicht kann eine kleine Weihnachtsfeier deine Laune ein wenig verbessern.« Er holte ein Küchenmesser, zog seine rote Jacke an und ging nach draußen. Neben dem Brennholzschuppen stand eine Fichte. Horst wollte etwas Tannengrün hereinholen und eine feierliche Stimmung erzeugen. Obwohl er nicht ganz sicher war, ob das Christfest nicht schon vorbei war. Von einem der unteren Zweige schüttelte er den Schnee und säbelte mit dem Brotmesser an dem Ast herum, bis er ihn endlich herunterreißen konnte. Den Fichtenwedel zog er auf dem Weg zurück hinter sich her. Plötzlich blieb Horst wie angewurzelt stehen. Hoch über dem Dach der Jagdhütte schwebte ein grünes Leuchten. Es war, als habe jemand mit einem riesigen Schwamm eine fluoreszierende Farbe an das Firmament getupft und dann verwischt. Da aber der Nachthimmel keine starre, unbewegliche Wand war, waberte das Licht wie leuchtender Staub in sanfter Bewegung durch das nächtliche Dunkel. Das Flimmern wirkte etwas unwirklich und doch war es deutlich zu sehen. »Renate!«, rief er, ohne den Blick abwenden zu können. »Hier ist ein Polarlicht!« Er ließ das Tannengrün fallen und rannte zur Hütte. »Renate komm schnell, das musst du dir ansehen!« Er riss die Tür auf und fand das Huhn neben dem Sessel liegen. Renate war tot.

Viele Stunden saß Horst vor dem Ofen, der doch schon längst erloschen war. Renate lag auf seinem Schoß und er streichelte mechanisch das braune Federkleid. Seine Tränen tropften auf die Hühnerleiche. Als es schließlich etwas heller wurde, schlurfte er zum Schuppen, holte einen Spaten und eine Spitzhacke. »So ist das eben. Der Tod gehört zum Leben dazu«, behauptete er traurig und hieb ein Loch in die gefrorene Erde. Das war ein mühsames Unterfangen. Aber wenigstens wurde ihm dabei warm. Als die kleine Grube endlich groß genug war, um seine gefiederte Freundin aufzunehmen, rann ihm der Schweiß in die Augen. Horst legte Renate in ihr eisiges Grab, faltete die Hände und murmelte: »Komm, Herr Jesus, sei du unser Gast und segne, was du uns bescheret hast. Amen.«

Nackedeis

Tag für Tag wurde es etwas wärmer und heller. Horst hockte in Oskars Hütte, fühlte sich einsam und wartete auf das Ende des Winters. Und endlich taute es, allmählich zeigten sich die ersten Blüten und die Welt erschien ihm weniger trostlos. Horst sah durch das Fenster zu, wie der Frühling einzog. Bald brauchte er den Ofen nur noch am Abend anzuheizen. Es war an der Zeit, wieder aufzubrechen, fand er. An das Nordkap musste er ja nun nicht mehr. Er hatte ein Polarlicht gesehen, das Ziel war erreicht. Nun wollte er einfach wieder raus aus dieser Hütte. Seine Sachen waren schnell zusammengepackt. Zuversichtlich holte er das Flammenmofa aus dem Brennholzschuppen und wollte den Motor starten. Doch der röchelte bloß erbärmlich, ließ ein asthmatisches Keuchen hören, bevor er für immer verstummte. Kurz überlegte Horst, ob er ihn in seine Einzelteile zerlegen sollte. Er hatte zwar keine Ahnung von Technik, aber einmal, vor langer Zeit, hatte er ein kaputtes Radio auseinandergebaut und neu zusammengesetzt. Und irgendwie funktionierte es anschließend wieder. »Ach nee, was soll ich mit der Maschine, wenn ich zwei gesunde Füße habe?« Kurzentschlossen packte er das Allernötigste zusammen. Die Transportkisten für die Hühner brauchte er nicht mehr. Auch der halbvolle Sack mit Kraftfutter war unnötiger Ballast. Was er entbehren konnte, legte er auf einen Haufen. Den Campingkocher, eine Garnitur Wäsche zum Wechseln und sein Bettzeug stopfte er in zwei Plastiktüten vom Supermarkt. Als er sein Hab und Gut durchgesehen hatte, war er auf den Umschlag mit dem Geld gestoßen. Den hatte er schon beinahe vergessen. Horst setzte sich an den Tisch und schrieb auf das braune Papier: »Lieber Oskar, herzlichen Dank, dass ich hier überwintern durfte. Entschuldige bitte, dass ich dir all den Schrott hier lasse, aber es geht nicht anders. Die fünftausend Kronen sind als kleine Entschädigung gedacht.« Zwar würde Oskar kein Wort von dem Geschriebenen verstehen, doch die Sprache des Geldes war ja international, meinte Horst. Oskar wird schon begreifen, was das sollte. Er nahm in jede Hand eine Tüte, klemmte sich das Zelt unter den Arm, nickte noch einmal dem Grab von Renate zu und ging.

Bei Gelegenheit wollte er sich einen Rucksack besorgen.

Nachdem Sarah den blöden Hund Salih im Sommer verlassen hatte, überrannte sie das Gefühl, ganz alleine dazustehen. Sie war traurig gewesen und fühlte sich verraten. Doch schlagartig war klar geworden: Sie hatte Brüder und Schwestern auf der ganzen Welt. Der Islam machte sie zum Teil einer riesigen, glücklichen Familie. Und Mohammed, sein Name sei gepriesen, war auf ihrer Seite. Solange sie ihm folgte, war alles gut. Sarah traf eine wichtige Entscheidung: Sie wollte nach Mekka pilgern. Nicht morgen, nicht im nächsten Jahr, sondern sofort. Jetzt gleich. Jede Muslima hatte die heilige Pflicht, sich auf diese Reise zu begeben. Wozu sollte sie lange warten? Sarah schrieb ›Mekka‹ auf ein Stück Pappe und stellte sich an den Straßenrand. Es dauerte nicht lange, bis ein Auto anhielt.

Horst spazierte in den kleinen Ort und kaufte eine Tüte Zimtschnecken und Instantkaffee. Da er nun über Reiseproviant verfügte, stellte er sich an die Bushaltestelle. Doch schon nach wenigen Minuten verlor er die Lust zu warten. Er hatte den ganzen Winter über in der Jagdhütte tatenlos herumgesessen. Wieso sollte er nicht einfach zu Fuß nach Hause gehen? Etwas Bewegung würde ihm gut tun und Zeit genug hatte er ja. Horst nahm die Einkaufstüten, klemmte das Zelt unter den Arm und ging in die Richtung, aus der er vor langer Zeit gekommen war. Nach knapp zwei Stunden schmerzten seine Füße. An einem See stellte er das Zelt auf. Es war zwar noch immer zu kalt zum Baden, aber er würde sich anschließend bei einer schönen Tasse Kaffee aufwärmen. Dazu konnte er die Zimtschnecken verputzen und früh schlafen gehen.

Das eisige Wasser verschlug ihm beinahe den Atem. Sein Herz hämmerte aufgeregt. »Was wäre, wenn ich jetzt einen Infarkt bekäme?«, dachte Horst. »Im Grunde wäre es der richtige Zeitpunkt. Ich bin für Renate bis an das Nordkap gefahren und habe ein Polarlicht gesehen.«

Natürlich musste Horst zugeben, dass es gar nicht das ›richtige Nordkap‹ war. Aber darauf kam es gar nicht an, fand er. Das einzig wichtige Nordkap war sein eigenes und das von Renate. Und beide trug er im Herzen. Er zog seine Knie an die Brust, umschlang sie mit den Armen, während er langsam auf den Grund sank. Vielleicht sollte er nun einfach ertrinken. Doch lieber tauchte er auf, schnappte gierig nach Luft und schwamm eine kleine, kalte Runde. Es wäre schön gewesen, wenn am Ufer Renate auf ihn gewartet hätte. Oder Helene Fischer. »Papperlapapp, dummes Zeug!«, rief Horst sich selbst zur Ordnung. »Du kannst dir ja wieder Hühner besorgen, wenn du zu Hause bist.«

Horst wanderte tagelang, ohne auf viele Leute zu treffen. Kam er an eine menschliche Siedlung, füllte er seine Vorräte auf. Er gewöhnte sich daran, weite Strecken zu laufen. Seine Füße taten ihm meistens nicht mehr weh. Und wenn doch, dann legte er großzügige Pausen ein. Gelegentlich wurde er ein paar Kilometer von Fremden in ihren Autos mitgenommen. Auf diese Weise kam er recht zügig voran. Auch gelang es ihm, sich ziemlich südlich zu halten. Auf der langen Wanderung ließ er seine Gedanken schweifen. Er dachte an die beiden Renates und an Helene Fischer. Ob sie noch lebte? Natürlich dachte er auch an Mark. Und an den Papst. Und schließlich dachte er an den alten Mann, bei dem er an seinem ersten Abend in Schweden im Garten gezeltet hatte. Und je länger er über Emil Bengtsson nachdachte, desto sicherer wurde er, dass er ihn auf dem Rückweg unbedingt besuchen sollte. Sie würden viel miteinander zu bereden haben. Obwohl sie natürlich nicht die gleiche Sprache sprachen. Aber das spielte ja im Grunde keine Rolle. Als Erstes wollte Horst ihm vorschlagen, das alte Plumpsklo abzureißen. Im Wohnhaus gab es doch bestimmt schon längst ein richtiges WC. Das olle Scheißhaus brauchte er doch gar nicht mehr. Und dann stand es auch noch direkt neben der Einfahrt. Horst würde ihm helfen die Bretterbude auseinanderzunehmen. Dort wäre ein schöner Platz für einen kleinen Hühnerstall. Das war überhaupt eine prächtige Idee. Der Hof von Bengtsson war wie geschaffen für Hühner. Sie konnten da den ganzen Tag herumlaufen und überall scharren und nach Leckereien picken. Wunderbar! Je länger Horst darüber nachdachte, desto klarer wurde ihm, dass er Emil vielleicht nicht nur kurz auf dem Heimweg besuchen wollte, sondern vielleicht gerne ein oder zwei Tage länger bliebe. Und in seinen Gedanken wurden aus Tagen Wochen. Aus Wochen Monate und so weiter. Schließlich zog Horst in Gedanken bei Emil ein und baute einen prächtigen Hühnerstall dorthin, wo früher das Plumpsklo stand. Horst dachte darüber nach, welche Namen die neuen Hennen bekommen sollten. Renate und Helene Fischer, keine Frage. Und eine sollte Sarah heißen wie das Beinahe-Enkelkind seiner Frau. Und Silvia wie die Skatspielerin. Horst lachte auf, denn in diesem Moment war ihm Harald eingefallen, der Mann mit dem Gabelstapler. Natürlich mussten zwei der Hühner die Namen Agneta Fältskog und Ingela tragen.

Ein paar Tage, nachdem Horst sich einen Rucksack besorgt hatte, entschloss er sich, bei nächster Gelegenheit doch mit dem Bus zu fahren. Inzwischen war es fast ein bisschen Sommer geworden und er vermisste Emil, mit dem er sich eng und freundschaftlich verbunden fühlte. Und den Bengtssonhof, auf dem er doch zuhause war. Der neue Rucksack drückte und verursachte Blasen.

An einem Morgen wurde Horst von einem merkwürdigen Gesang geweckt. Er kroch verschlafen aus dem Zelt und konnte kaum glauben, was er sah. Sieben oder acht Nackedeis führten einen ulkigen Tanz auf. Sie wackelten herum wie japanische Sumoringer, waren aber bei weitem nicht so fett. Jeder von ihnen hielt einen mit Alufolie verkleideten Regenschirm in die Luft. Dabei sangen sie monoton: »Terra mater, accipe mihi. Terra mater, ego pars vestrum.« Horst schaute dem Treiben zu, klappte seinen Mund auf und wieder zu und rief: »Guten Morgen!« Die Nackedeis stoppten ihren Singsang und ließen die Schirme sinken. Sie redeten kurz miteinander. Horst war nicht ganz sicher, glaubte aber, es könnte englisch sein. Nachdem sie sich besprochen hatten, strahlten sie ihn an und baten ihn mit Gesten, ihnen zu folgen. Das tat Horst auch, denn er hoffte, die komischen Figuren würden ihn an einen Frühstückstisch führen und einladen.

Die Leute mit den Aluschirmen

Horst saß zwischen den dünnen Sumoringern am Frühstückstisch und langte ordentlich zu. Es gab Brötchen mit Erdbeermarmelade. Wurst gab es nicht, dafür einen prächtigen Obstkorb, Nüsse, Oliven und verschiedene Fruchtsäfte. Außerdem literweise frischen Kaffee. Die komischen Leute hatten sich inzwischen Bademäntel oder Jogginganzüge übergezogen. Das freute Horst, denn von der Nacktheit der fremden Personen war er unangenehm berührt gewesen. Doch die albernen Alufolienschirme hatten sie noch immer nicht abgelegt. Die Leute saßen gemeinsam an einem Klapptisch und redeten alle durcheinander. Inzwischen war Horst sicher: Es war Englisch, was sie da plapperten. Leider konnte er selber nicht viel mehr als »Yes« und »No« sagen. So beteiligte er sich kaum an den Gesprächen. Kauend ließ er seinen Blick über das Lager schweifen. Ein paar Wohnwagen standen herum, dazwischen gingen Leute mit den albernen Schirmen herum. Die Tür eines Wohnwagens klappte auf und eine dicke Frau quetschte sich durch die schmale Öffnung. Sie trug einen rosafarbenen Jogginganzug und eine ziemlich mächtige Kopfbedeckung. Die sollte wohl so eine Art Krone darstellen. Der ulkige Hut sah ein bisschen aus wie ein großer spitzer Hexenhut und ein bisschen wie eine Papstkrone. Er war überladen mit Glanz und Glitter und ganz oben auf der Spitze blinkte ein kleines elektrisches Licht. Jedenfalls passte die Kopfbedeckung gar nicht zu dem schlichten Jogginganzug. Als die Frau an dem Frühstückstisch vorüberging, standen die Leute auf und verneigten sich ehrfurchtsvoll. Die Frau hob majestätisch die Hand, deutete dezent einen Gruß an und stolzierte weiter.

Horst sah ihr hinterher und fragte: »Was ist denn das für eine? Die hat ja gar keinen Aluschirm.«

»Den braucht sie auch nicht. Sie hat ja die Krone.«

Horst sah seinen Sitznachbarn überrascht an. Mit seiner Halbglatze und dem schmalen Oberlippenbärtchen sah er ein bisschen aus wie der

Zwillingsbruder von Paul, dem Poeten. »Ich dachte, hier sprechen alle nur Englisch.«

»Ja, das ist im Grunde auch richtig. Da wir alle aus verschiedenen Ländern kommen, brauchen wir eine gemeinsame Sprache, nicht wahr? Und ein paar Brocken Englisch kann ja fast jeder.«

»Hm, naja.«

»Ich bin übrigens der Hans-Peter.«

»Mein Name ist Horst. Und ich werde jetzt auch gehen. Vielen Dank für das Frühstück.«

Mit einem kräftigen Händedruck verabschiedete er sich, stand auf und ging. Die ungewohnt üppige Mahlzeit und die vielen komischen Leute hatten ihn ganz müde gemacht. Er wollte sich etwas ausruhen und vielleicht in den See springen, bevor er seine lange Wanderung fortsetzte.

»Opa Horst? Bist du das?«

Plötzlich stand sein Beinahe-Enkelkind vor ihm. Auch Sarah hielt einen aufgespannten Aluschirm in der Hand. »Wo kommst du denn her?«, fragte sie ihn.

»Ich habe gerade gefrühstückt. Jetzt wollte ich eigentlich zurück in mein Zelt gehen und ein kleines Vormittagsschläfchen halten.«

»Ist ja toll, dass wir uns treffen!«

»Ja, das kann man wohl sagen. Ein starkes Stück. Was machst du hier, bei all den Verrückten?«

»Ehrlich gesagt, das weiß ich selber nicht so genau.« Sie lachte fröhlich, hängte sich an seinen Arm. Nun schlenderten sie gemeinsam durch das Lager. Unterwegs erzählte Sarah ihm von ihrer spirituellen Suche nach dem Sinn des Lebens und nach der Antwort auf alle denkbaren Fragen, nach Gott und all diesen Dingen.

»Hm, naja«, meinte Horst, »vielleicht tragen wir all diese Sachen in uns. Vielleicht ist es gar nicht nötig, sie groß zu suchen.«

Und dann erzählte sie ihm von Dennis, dem Nazi, und von Salih, dem Muslim, und dass alle Männer doch gleich seien.

»Ja ja, das mag schon sein«, meinte Horst, »aber was hat das eigentlich mit den komischen Regenschirmen auf sich?«

»Die halten negative kosmische Einflüsse ab«, erklärte sie. »In jeder Mikrosekunde treffen Strahlen aus dem Weltall auf die Erde. Die Aluschirme schützen uns.«

Horst zog skeptisch eine Augenbraue hoch. »Soso, naja.«

Oskars Pläne, die Rüstungswerke auf die Produktion von Friedenswaffen umzustellen, hatten für Entrüstung gesorgt. Die Ingenieure schüttelten missbilligend die Köpfe und erklärten, das sei alles nicht so einfach. Es sei sogar unmöglich. Die Unterhändler und Werbestrategen schlugen die Hände über die Köpfe zusammen und behaupteten, diese Pläne würden nicht nur den Konzern ruinieren, sondern die gesamte Menschheit in einen neuen Weltkrieg stürzen. Der ehemalige Bombenbauer ließ sich nicht beirren. Er schlug mit der flachen Hand auf den Konferenztisch aus Teakholz und rief: »Mir ist egal, was die Herrschaften davon halten. Es sind meine Fabriken, es wird gemacht, was ich sage.« Um seinen Worten den nötigen Nachdruck zu verleihen, bellte er in die folgende Stille: »Verdammt nochmal!«

Als die Werktätigen an den Fließbändern Konfetti statt Sprengstoff in die Raketen füllen sollten, waren sie fassungslos. Seit Jahrzehnten lief die Tötungsindustrie reibungslos – und nun sollten bewährte Traditionen über Bord geworfen werden? Das ließen sich die einfachen Leute nicht gefallen. Die Proletarier traten geschlossen in den Streik. Das wiederum ließ Oskar sich nicht gefallen. Er machte den Laden einfach dicht. Er hatte sich doch wirklich Mühe gegeben, die Arbeitsplätze zu erhalten, aber wenn die Arbeiter sich weigerten mitzuziehen – dann eben nicht.

Nachdem Oskar die Fabrikhallen, Fließbänder, Maschinen und den ganzen Krempel verkauft hatte, baute er mit dem gewonnenen Kapital eine gänzlich neue Firma auf. Diesmal spezialisierte er sich von Anfang an auf friedliche, fröhliche Produkte.

Oskar Andersson versorgte bald den gesamten internationalen Markt mit Scherzartikeln aller Art. Konfettibomben, Tischfeuerwerk, Furzkissen, alberne Brillen mit ebenso albernen Nasen und Schnurrbärten. Dabei fanden die meisten Arbeiter, die ihre Jobs verloren hatten, nun in den Spaßfabriken neue Anstellungen. Und da Oskars Werke nicht länger darauf ausgerichtet waren, so viel Geld wie möglich einzubringen, brachten sie mehr ein, als all seine Bombenfabriken zuvor und er konnte den Leuten Bombengehälter zahlen.

Statt ein Vormittagsschläfchen zu halten, saß Horst mit Sarah am See. Hans-Peter hatte sich den beiden angeschlossen und sich dazugesetzt.

»Warum springen deine Freunde nackt durch den Wald und singen komische Lieder?«

Sarah lachte. »Ja, das muss ulkig aussehen, wenn man nicht weiß, worum es dabei geht. Mit dem Gesang und den rituellen Tänzen bitten wir Mutter Erde um ihr Wohlwollen. Wir bitten darum, dass sie uns annimmt und behütet. Dabei benutzen wir die Worte, die uns die Meisterin gelehrt hat.«

Sarah fing an zu singen und Hans-Peter fiel mit ein: »Terra mater, accipe mihi. Terra mater, ego pars vestrum. Terra mater, accipe mihi …«

Dabei lächelten die beiden sich an, als seien sie schwer ineinander verliebt.

»Die Meisterin?«

»Ja, die Meisterin«, antwortete Hans-Peter, »die ehrwürdige Mutter aller Erdenkinder. Du hast sie gesehen. Das war die Dame in dem rosafarbenen Anzug. Die mit der Krone der Erdgeister.«

»Ach ja, die Dicke, die keinen Aluschirm braucht.«

Sarah fing wieder an zu singen: »Terra mater …«

»Papperlapapp!«, unterbrach ihr Beinahe-Großvater. »Was soll das eigentlich heißen, das ganze Terra-Dingsbums-Gesinge?«

»Mutter Erde, nimm mich auf. Mutter Erde, ich bin ein Teil von dir.« Hans-Peter lächelte ihn an. »Das sind heilige Worte, die tief aus der Seele der Menschheit kommen. Vielleicht solltest du es auch probieren. Sing mit uns, Bruder.« Er hob seine Stimme: »Terra mater, accipe me …«

»Papperlapapp!«, unterbrach Horst ihn. »Lasst das Gewinsel und legt endlich diese albernen Regenschirme weg.«

Hans-Peter guckte nur grimmig. Sarah klappte nach einem kurzen

Zögern den Schirm ein und fragte: »Opa Horst, magst du mir und Hans-Peter nicht erzählen, wieso du hier bist?«

»Na, da gibt es nicht viel zu erzählen. Ich wollte ein Polarlicht sehen. Da bin ich eben hergekommen. Das ist schon alles.«

»So einfach, so klar«, schwärmte Sarah. »Du trägst mehr Weisheit in dir als wir alle.«

»Hm, naja, ich weiß nicht.«

»Ich wollte nach Mekka pilgern. An einer Autobahnraststelle habe ich HP getroffen. Und der hat mir von der ehrwürdigen Mutter erzählt. Es war eine große Freude für mich, dass ich gleich mit zum Frühlingsfest durfte.«

»Tja.«

»Komm, HP, erzähl meinem ehrwürdigen Großvater, wie du die Familie der Erdenkinder gefunden hast.«

»Das will ich gerne tun. Vor vielen Jahren war ich in einem Institut für Verhaltensforschung tätig. Das war übrigens ganz hier in der Nähe. Schwerpunkt meiner Arbeit war die Konditionierung von Spechten. Wir zogen die niedlichen Küken auf, ließen es ihnen an nichts mangeln, herzten und zärtelten mit ihnen. Sobald sie alt genug waren, teilten wir sie in zwei Gruppen ein. Gruppe A wurde weiterhin sehr liebevoll und zärtlich umsorgt, Gruppe B wurde vernachlässigt. Wir haben die Tiere der Gruppe B nicht nur mit dem Futter kurz gehalten, sondern regelrecht geärgert. Ihnen fette Maden hingehalten und gleich wieder weggenommen, ihnen Federn ausgezupft, wenn sie sich uns näherten, und so.«

»Das war aber ganz schön fies. Warum tut man sowas?«

»Mein Auftrag war es herausfinden, ob sich eine manifestierte Konditionierung wieder löschen lässt.«

»Ja, aber wozu?«

»Äh, keine Ahnung. Für die Wissenschaft eben.« HP zuckte mit den Schultern und fuhr fort. »Jedenfalls war ich es leid und hatte keinen Sinn darin gesehen. Ich war traurig und frustriert. Und dann trat SIE in mein Leben. Die ehrwürdige Mutter öffnete ihre Arme und nahm mich auf. Ich ließ die traumatisierten Vögel aus den Käfigen und ging fort. Zog in die

Welt, um die Erdenkinder zu mobilisieren. Dabei traf ich auf dich, Sarah. Und nun sind wir hier.«

»Ja, das lässt sich nicht leugnen.«

Schweigend blickte sie auf das Wasser. Ein paar Enten schwammen vorbei.

»Ich mag Vögel«, murmelte Horst. »Besonders Hühner.«

HP und Sarah sagten nichts dazu.

»Ich habe mal einen Specht gekannt.«

Hans-Peter seufzte verlegen.

»Ich gehe jetzt nach Hause.« Horst stand auf, ging zu seinem Zelt und packte seine Sachen. Sarah folgte ihm. »Ich komme mit«, erklärte sie. »Du trägst mehr Weisheit in dir als die ehrwürdige Mutter. Oder vielleicht nicht mehr, aber eine reinere Form der Weisheit, irgendwie aufrichtiger, echter, wenn du verstehst, was ich meine.«

»Meine liebe Sarah, es freut mich, wenn du mich begleiten möchtest, aber bitte quatsch nicht dauernd von Weisheit und so. Ehrlich gesagt: Das nervt!«

Sarah versprach ihm, dieses Thema zukünftig nicht mehr so ausführlich zu besprechen. Nachdem sie sich auf den Weg gemacht hatten, erklärte Horst seinem Beinahe-Enkelkind, dass er inzwischen bei seinem Freund Emil Bengtsson wohne. Beinahe jedenfalls. Da hörten sie ein Japsen hinter sich. HP war hinter ihnen hergerannt und nun ganz außer Atem: »Darf ich bitte auch mit euch kommen?«

»Natürlich, aber verschone mich mit dem Geschwätz von Erdenkindern und dem ganzen Kram.«

Hans-Peter versprach es.

Nach der Reise

Horst mochte nicht mehr im Zelt schlafen. Er mochte nicht mehr auf Reisen sein. Er wollte endlich nach Hause. Die Wanderer erreichten eine Bushaltestelle und nur wenige Augenblicke später, noch bevor sie den Fahrplan studieren konnten, kam auch schon der Bus um die Ecke. Nun zeigte sich, wie gut es war, dass Hans-Peter bei ihnen war. Er hatte einige Jahre in Schweden gearbeitet und beherrschte die Sprache. So konnte er sich beim Busfahrer erkundigen, wie sie nach Malmö kämen. Der Bus fuhr sie direkt zum Bahnhof, dort stiegen sie in den Zug und fuhren durch bis nach Südschweden. Von Malmö aus reisten sie die letzten Kilometer mit dem Taxi bis zum Bengtssonhof.

Emil schien fast gar nicht überrascht zu sein, als Horst plötzlich vor ihm stand. Auch dass er noch zwei weitere Gäste mitgebracht hatte, störte ihn nicht. »Wo sind denn die Hühner?«, fragte er bloß und lud die Gäste zum Abendessen ein. HP übersetzte die Frage nach dem Geflügel nicht, sondern machte sich gierig über das Essen her. Während der Mahlzeit erzählte Emil, dass vor vielen Jahren ein mächtiger Wirbelsturm über das Land gefegt war. Und Horst erzählte ihm wiederum das eine oder andere Erlebnis von seiner Reise. Als es an der Zeit war, führte Emil Horst in das Gästezimmer unter dem Dach. Die beiden jungen Leute wurden auf dem Sofa in der guten Stube untergebracht.

Sarah und Hans-Peter reisten schon nach wenigen Tagen weiter. Sarah wollte HP Schwerin zeigen und ihrer Mutter vorstellen. Emil wunderte sich nicht weiter, dass Horst einfach blieb. Ohne dass sie ein Wort darüber verloren, war bald klar, dass Horst nun ebenfalls auf dem Bengtssonhof wohnte.

»Du glaubst nicht, wer uns wieder geschrieben hat«, rief Mark aufgeregt ins Telefon.

»Nämlich?«

»Mein Vater! Er lebt und es geht ihm gut!«

»Halleluja! Wo steckt er?«

Mark lachte. »Du wirst es nicht glauben, aber er hat sich das alte Mofa geschnappt und ist zum Nordkap gefahren. Aber das Beste kommt erst noch!«

»Na raus damit.«

»Er hat da oben deine Nichte getroffen. Sarah hat sich dort rumgetrieben und ist jetzt auf dem Weg nach Hause.«

Alex schwieg am Ende der Leitung.

»Die beiden Ausreißer kommen zurück«, fuhr Mark fort. »Jedenfalls zum Teil. Papa hat geschrieben, dass er jetzt in Schweden wohnt. Aber er möchte uns sehen. Wir sollen ihn besuchen. Notfalls käme er auch zu uns, aber er habe die Nase voll vom Reisen. Was meinst du, Alex?«

»Pack deine Sachen.«

Horst und Emil saßen auf der Bank vor dem Haus und sahen den Hühnern beim Scharren und Picken zu. Emil erzählte gerade, dass vor vielen Jahren ein mächtiger Wirbelsturm über das Land gefegt war. Der Sturm hatte keine Rücksicht darauf genommen, dass Emil gerade dabei war, sein Geschäft zu verrichten. Er hatte das stille Örtchen mit ihm, der damals noch ein kleiner Junge war, in die Höhe gehoben, ein paarmal durch die Luft gewirbelt und am anderen Ende des Hofes wieder abgestellt. Genau an der Stelle, wo heute der Hühnerstall stand.

Horst hatte diese Geschichte schon oft gehört und verstand trotzdem kein Wort. »Du weißt schon, dass ich dein Palaver nicht verstehe?«, fragte er seinen Freund. Der lachte und erzählte noch ein paar Details, die er zuvor vergessen hatte. Vielleicht hätte Horst diese Sprache doch lernen sollen. Immerhin wohnte er nun schon eine ganze Weile in diesem Land. Doch er war ein alter Knochen und nicht besonders sprachbegabt. Ganz anders als der Papst. Horst sah zu den Hippies rüber, die in wallenden, bunten Gewändern irgendwelche Tänze oder Turnübungen vollzogen. Angeleitet wurden sie von Sarah, seinem Beinahe-Enkelkind.

Sie kam ein- oder zweimal jährlich auf den Bengtssonhof und hielt rätselhafte Seminare für Spinner ab. Hans-Peter war auch immer dabei. Er hatte inzwischen seinen Aluschirm abgelegt. In der ersten Zeit sprang er noch jeden Morgen nackt durch den Garten, erschreckte die Hühner und sang: »Terra mater, accipe mihi. Terra mater, ego pars vestrum.« Als Horst ihn bat, sich doch bei dieser albernen Zeremonie etwas überzuziehen, jammerte er: »Das verstehst du nicht, ehrwürdiger Horst! Wie sollen die Erdgeister Zugang zu meinem Inneren finden, wenn ich meinen Leib vor ihnen verberge?« Doch irgendwann hatte er sich die Nackttänze abgewöhnt.

»Ich habe gebacken. Wollt ihr ein paar Bullar?« Hans-Peter kam um die Hausecke und hielt den beiden ein Blech mit Zimtschnecken hin. »Vorsicht, sie sind noch heiß!« Nachdem die beiden zugegriffen hatten, ging HP zu den Seminarteilnehmern und verteilte das Hefegebäck.

»Was meinst du«, fragte Horst kauend, »es ist doch schön, dass die Kinder jedes Jahr mit ihren Hippies kommen, oder?«

Emil stimmte ihm zu. Das hätte er übrigens auch getan, wenn er die Frage verstanden hätte.

Das Leben auf dem Bengtssonhof hatte sich verändert, seit Horst von seiner Reise zurückgekehrt war. Emil war nun weniger einsam und es war immer jemand da, dem er seine Geschichte erzählen konnte. Und ständig kamen Leute zu Besuch. Mindestens einmal im Jahr Sarah, Hans-Peter und die Hippietypen. Und Mark, der schwule Sohn von Horst kam auch gerne vorbei. Mit Alex.

Und dann waren da ja noch die Hühner, die Horst angeschafft hatte. Die brachten richtig Leben auf den Hof. Und jeden Morgen gab es nun ein Frühstücksei.

Emil hat es nie bereut, Horst bei sich wohnen zu lassen.

Andreas Mundt

Ein Fisch im Urwald

Unglaubwürdige Geschichten

204 Seiten
Format 22 x 14 cm
14,90 Euro
ISBN 978-3-95494-121-6

Wenn man am frühen Morgen beinahe in ein schwarzes Loch tritt, kann einem der Tag ziemlich durcheinandergeraten. Aber das bedeutet weiter nichts, denn Menschen sind zuweilen bloß Tiere und manchmal aus Holz.

Wir begegnen einer tanzenden Kuh und einer Elfe aus Porzellan. Außerdem erfahren wir, wie leckere Plätzchen für Aufruhr und Krawall sorgen können. Und plötzlich bleibt die Zeit stehen.

Die Erzählungen in diesem Buch sind bunt und skurril – fantastisch und sonderbar – verblüffend und absurd

... und natürlich unglaubwürdig.